方惠娜 ◎ 著

大团圆

紫荆文化集团有限公司
大同出版传媒有限公司

图书在版编目（CIP）数据

大团圆 / 方惠娜著. -- 深圳市：大同出版传媒有限公司, 2023.6
　ISBN 978-7-5233-0006-0

Ⅰ. ①大… Ⅱ. ①方… Ⅲ. ①随笔—作品集—中国—当代 Ⅳ. ① I267.1

中国国家版本馆 CIP 数据核字（2023）第 105173 号

大团圆
DATUANYUAN

总 策 划：张　斌
特约策划：王　茹
责任编辑：周静娟　　　责任技编：邓保群
插　　画：黄祖僖
装帧设计：即刻设计
出　　版：大同出版传媒有限公司
网　　址：http://www.grandunity.com.cn
E－m a i l：datongchuban2022@163.com
发　　行：大同出版传媒有限公司
地　　址：深圳市南山区卓越前海壹号 T1 座（邮编：518101）
联系电话：0755-61368295
印　　刷：深圳市福圣印刷有限公司
开　　本：889mm×1260mm　1/32
印　　张：8.5
字　　数：180 千字
版　　次：2023 年 6 月第 1 版　2023 年 6 月第 1 次印刷
定　　价：48.00 元
（版权所有　翻印必究·印装有误　负责调换）

献给祖辈　　献给孩子

前言：河的那一边

我小时候对香港是向往的。

那里有我的爸爸妈妈，有传说中的繁华，有神秘的故事，有我跨不过去的一条河。我从没想过以后的人生，是绕着这座城市，兜兜转转，离离合合。

爸爸妈妈是在我小时候移居香港的，我在外公外婆家长大。

我记忆中的小时候，就是在和父母的一次次相聚和分离中度过的。可以说我是最早的留守儿童之一吧，只不过我是个有"优越感"的留守儿童。因为我可以穿漂亮的衣服，有芭比娃娃，晚上睡觉要换上粉色的卡通睡衣。家里有在当时来说很先进的电器，我外公家很早就买了电视。我还记得当时正热播《霍元甲》，邻居们来家里看电视时的热闹情景。

作为移居香港一族，我的父辈们绝对是有代表性的一代人。

这得先从二伯父说起，是他带领着整个家族走出乡下，走到外面这个大千世界。

二伯父从小就淘气，在过去食不果腹的年代，他的不安分令他产生了前往香港闯荡的念头，历尽艰辛，几经失败，最后终于在香港定居下来。

二伯父刚到香港的时候四处打工，起早贪黑，在举目无亲的陌生都市，他坚持下来了。

站稳脚跟后，二伯父凭他的聪明才智，开起了玩具厂，成了事业有成的老板，大家对他是仰慕敬畏的。记得有一年他回来探亲，给全村小孩发红包，场面相当热闹，让我们这些亲戚也"狐假虎威"沾光了一把。

爸爸兄弟姐妹五个，爸爸排老四，后面有个弟弟。二伯父在香港有所成就了，每年都寄物品回来。有一次，他寄来了一封信，让爸爸和小叔寄几张照片并填一份表格，想让他们申请去香港定居。

这对留在乡下看不到出路的人们来说是梦寐以求的机遇，也因此改变了我家的命运。

据说爸爸填好了表，寄了照片，小叔嫌去冲洗照片麻烦，只寄去底片。那时对二伯父来说时间就是金钱，他收到小叔的相底后，一气之下扔掉了，没了下文。结果，爸爸申请去了香港，小叔没去成。我们只知道这个调侃小叔的版本，不过，小叔几年后也去了香港。

几年后，我妈妈和小弟也成功申请去了香港，我和大弟住在外公外婆家，外公外婆是镇里的中学老师。我们从此和外公外婆生活在一起，直到长大。

好在爸爸妈妈去香港时，我们已差不多上一年级了，并没有缺失爱，我们还是能感觉到父母亲的关怀，他们经常打电话回来，对我们的学习情况和生活关心备至。

当时交通不便，他们每年过年时回来一次，过完年后就要回香港，我们只有短暂几天的相聚。记得那时清晨，天还未亮，我执意要起床送父母亲上车，总是强忍泪水，开心挥手说再见，回家后却蒙在被子里放声大哭。后来我知道，妈妈也哭，从上车哭至路上。如今我也为人母了，我能想象她当时有多么不舍和心痛。

这也是我不愿在孩子们年幼时就来香港生活，而和先生分居两地的原因，一家人在一起才最重要，这是当时就有的心愿。

为了一家人团聚，我和大弟开始了漫长的申请历程。从父母去香港后，我们便开始了填表、申请、排期、等批文的过程，直到我们快成年时才申请到在香港定居的资格。至此，我们全家才结束了分居两地的日子，终于能在一起生活了。只是，我已长大，已习惯在内地的生活，我的所有回忆都在这边，所以，在得知可以定居香港的时候，我并没有感到喜悦。

爸爸妈妈到香港后，最初是申请住公屋。他们努力工作，天道酬勤，终于有能力买私宅，房子一次比一次换得大，这其中付出多少汗水只有他们知道。他们可以说是幸运的，辛勤劳动能得到回报，从打工到自己创业开公司，在家乡开办工厂，现在事业算是略有所成。但还有多少的移居者，还在默默无闻地打工、蜗居，为生计所奔波呢？

香港的确是个大都市，移居过去的人们都会喜欢这里丰富多彩的生活，心中却又有割舍不下的乡土情怀和藕断丝连的情感牵挂。

我的爸爸妈妈也一样，生活习惯已渐渐本地化。西装是定制的，用的是高档品质的布料；逢年过节以及正规场合必穿戴整齐；星期天买份报纸，去茶楼和朋友喝茶聊天，娱乐一下。

随着时代发展，香港与内地的交流合作日益密切，现在来往两地更加便利。香港不再是家乡人觉得高不可攀的地方了，也有香港人回内地发展。但我家族的香港移居史正是那个时代的写照，几多过往，几多辛酸。如同当年香港繁荣的影视业给很多人带来的深刻回忆一样，香港给我的青少年时期留下了不可磨灭的印象，这是一座和我有不解之缘的国际都市。

想起初中时，交通已较方便，暑假到深圳和父母相聚，爸爸总爱叫我念苏轼的《水调歌头》。我最熟悉的几句：人有悲欢离合，月有阴晴圆缺，此事古难全，但愿人长久，千里共婵娟。

那时，放眼望去，香港的高楼灯火隐隐闪烁，爸爸指着对面说："你看，越过这条河，那边就是香港了。"

目录 Contents

遥望

大团圆 / 002
分离让我们学会放下、接纳、随心，让我们懂得什么是真正的圆满。

伤离别 / 009
无论世事如何变化，我们的心都在一起。

二伯父 / 021
每个人都在自己的人生里尽力做到最好，这就是一个家族榜样的力量。

老顽童爸爸 / 030
走在我前面的那个并不高大的背影，虽然已经过了很长时间，那个背影却更清晰了。

最佳女主角 / 038
重要的是，她一直在做她自己，她是自己人生的女主角。

大姑妈 / 046
命运没有如果，一个肯拼搏奋斗的人，在哪里都能吃苦向上。命运，最终还是掌握在自己的手里。

I

那些遗憾的事 / 051
香港让很多人改变了命运，有了不一样的人生，但无常也是人生的色彩，幸福与否，遗憾与否，就冷暖自知了。

狮子山下 / 055
既然选择了远方，便只顾风雨兼程，全力以赴，无问西东。

相望

我的外公外婆 / 062
他们一辈子普通、平凡，勤恳努力地生活，尽心尽力过好自己的每一天，在我眼里，这比任何东西都伟大。

老友德玄师太 / 072
每个人所选择的路都不一样，无论选了哪一条路，最终我们都会殊途同归，又何必那么执着于一种方式呢？

我是"辣妈" / 082
如无意外，我们会在"辣"的世界里顽强地继续"辣"下去，直到变成一群"辣奶奶"。

初春的阳光 / 087
在安全范围内，让自己撒撒欢，放纵一下，还别有一番滋味呢。

一个周末 / 090
任外面风雨交加，一家人就这样宅在家里，泡一壶热腾腾的茶，也不错。

父亲们的"假想敌" / 096
那些有女儿的父亲们，心中都有一块柔软的地方为女儿留着，有一块坚硬的地方为"那小子"留着。

温柔与和平 / 102
慢慢地，我们会变得真正的温柔起来吧。

我心中的"断舍离" / 112
凡事不必拘泥于离或留，心中无悔的"断舍离"，才是真正的"断舍离"。

那里有只蚊子 / 119
我发现问题简直就像朋友圈一样，一点开就特别多。

你跳，我也跳 / 126
日子如同溪水般潺潺地流，轻柔的水声虽没有如交响乐般奏出激昂而华丽的乐章，却也声声入耳，安定从容。

奶酪 / 133
奶酪的到来，似乎是在一个对的时间，顺应老天安排来到我们家，以此延续我们家和狗的缘分。

夕阳下的舞动 / 141
人真的要好好珍惜当下，有时有些事情再不去做就来不及了。

一个拥抱，胜过千言万语 / 148
多少的说教，都比不过一个拥抱所带来的亲密沟通。

我的家婆许校长 / 152
什么叫活在当下，那就是一丝不苟地做好当下的事。

一杯工夫茶 / 161
随心随意，大道至简，便是幸福。

味道，是一种爱的传承 / 167
在磨难和苦痛中，那个简单的味道就是仅有的一丝快乐的源泉和追求，那时，幸福就是这么简单。

守望

生娃记 / 172
每一个人的角色，都有他的安排和意义。

坐月子记 / 178
人生，不就是在不断的调整和经历中成长吗？

在和风细雨中等待 / 186
我会在和风细雨中，陪着你慢慢长大。

小小少年 / 196
这个男孩，正在成长为一个更暖心更有担当的小男子汉。

致那些无法兑现的梦想 / 206
人生的每个阶段都有重要的事完成，只要每个阶段都做到最好，便可以无悔，保持初心，那些还没有兑现的梦想，未来可期。

装修记 / 213
所有的岁月静好，都是有人在替你负重前行。

两个时钟 / 222
它们如野孩子一样在田野里自由奔跑，从没准点过。

我在香港慢生活 / 227
这种通过手和纸的接触，再传到心上的喜悦，难以言喻。

大隐隐于市 / 231
我喜欢香港，还有它那充满文化气息的烟火气。

从此以后，没有生离，只有死别 / 237
珍惜现在，互相好好陪伴，便是无憾此生。

与其心有沉浮，不如浅笑安然 / 243
如果，你正处于寒冬困境中，千万不要放弃希望，因为春天就要来了。

后记：一切向内看 / 248
花好、月圆、事圆、人圆、大团圆。

遥望

无论世事如何变化，我们的心都在一起。

大团圆

01

以往过年,大家是一定都会回来吃团年饭的。潮汕人节日仪式讲究颇多,春节更是一年里最大、最受重视的节日。

除夕当日下午,一大家子会先去祭祖,晚上再热热闹闹吃个团年饭、放烟花。

先生家里四兄弟姐妹,最大的是大哥,接着是两个姐姐,先生在家里排行最小。家公家婆在几年前相继过世,但兄弟姐妹四个人还是心连心,每年过节都会相聚在一起,我们四家在广州的房子也是买在同一小区里的,平时互相串门喝茶,有什么事都有商有量。

大嫂在澳门是一位有名气的医生。她和大侄女、小侄子在澳门定居,每逢放假过节会回广州。但2020年10月,大嫂在与病魔对抗了两年后走了。发现病情时,医生已断定不能手术,只有几个月存活期,但大嫂没有放弃任何治疗,一直顽强地与病魔作战。疫情期间,还去了台湾做治疗,最后还是不敌病魔,在回澳门隔离期间走了。

大嫂走后,在澳门和珠海分别举行了送殡仪式,送行的花圈好几百个,澳门医院同仁给予她深深的敬意。大嫂一辈子的生命虽不是很长,却活得很有意义。

可惜我们在香港，未能做最后的送别。

大侄女已经成年，在澳门工作。侄子在大嫂走的那年，考上英国一家知名大学语言专业，因为疫情，在家上了一年网课，2021 年 9 月英国疫情回落，侄子才只身赴英上学，过年就不回来了。

02

大姑姐家只有一个儿子，从小品学兼优，在广州念完大学后便赴美国读研，毕业后留在美国工作，一转眼已有好几个年头。

本来每年回来两次的侄子，期间一次也没能回来。至今，大姑姐、大姐夫快三年没和儿子见面了。

小姑姐有三个女儿，老大已经大学毕业在银行工作，二女儿于前年去了丹麦读研，两年多未能回来，今年新年也是留在丹麦过年。

香港与广州虽相隔咫尺，我和孩子与先生却一晃也是两年多没见。

今年的春节，先生兄弟姐妹四个家庭，没有一个家庭能完整地相聚在一起。我还调侃先生说："刚好给你们兄弟姐妹四个人空间，你们可以趁机重温一下儿时的回忆嘛。"

这个除夕夜，没有了往年的热闹，我们只能在微信群里分享各自过年的点滴。

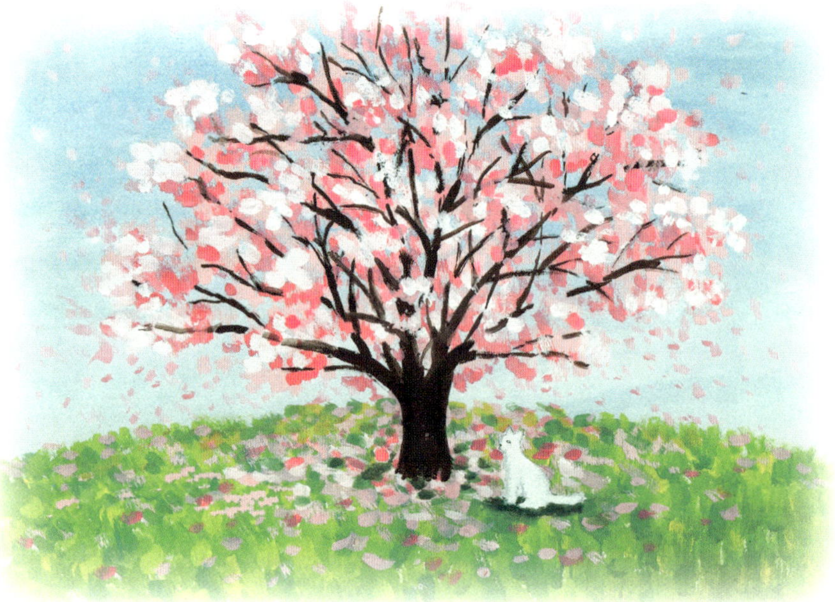

03

  而我，今年已经见不到外婆了。

  去年 10 月 27 日晚 12 点，我妈打电话来，说外婆走了。我对着电话大哭。虽然妈妈一直安慰我，说别伤心，外婆走得很安详，没痛苦，是喜丧。但忽闻亲人离去，伤心的感觉还是无法消除。

  未能去送外婆最后一程，成为我们最大的遗憾。

  因此今年过年，没有了外婆，我家也分居三处：爸妈在老家，我和弟弟们在香港，先生在广州。

  今年新年，大家都是通过手机团年，过了一个"云"春节。

  刚好今年春节假期，儿子的老师给他们布置了一篇随笔，题目叫《不一样的……》。儿子想了想，写了一篇《不一样的春节》：

>   这个春节我和家人原本计划要和亲戚聚餐或春游，但面对严峻的疫情，我们只能自己过春节了。
>
>   一开始我闷闷不乐，因为我觉得这个春节会很无聊，既不能跟表姐表弟他们一起玩，也不能去到外面吃大餐，真没意思。
>
>   到了除夕夜，妈妈买了很多海鲜，有龙虾、帝王蟹、鲍鱼等，我们一边吃着美味大餐，一边开着电视看春节晚会。全家族的人连线在手机上发红包，互相祝福对方新年好，我还在线上和表弟下了一盘棋呢！虽然我们不能面对面一起

玩，但我也觉得很热闹。

第二天我们自己在家包饺子，我第一次学会了和面做饺子皮，还独创了腊肠馅，大家都夸好吃。

虽然这个春节不能到处去，但我们用不一样的方式庆祝。只要亲朋好友身体健康，我觉得就是最开心的事了。

儿子这篇随笔虽简单，却很真实地记录了我家今年过年的情形。我看了不禁感慨万分，真想不到，21世纪，令人们"团聚"在一起的是手上那台小小的手机，我们在里面分享团年饭，互相视频送祝福、抢红包……好不热闹，也各自领略了不同地方的除夕夜风味。

这难道会是未来人与人之间维持社会关系的新模式吗？人与人之间的联系通过一部冰凉的手机来维持，一想至此，不禁感觉缺少了很多东西。

但反过来想，也是多亏了网络的发达，大家虽无法在一起，但起码可以通过视频看到对方，保持亲密的沟通。在这不一样的新年里，如儿子在他的随笔作文中所写，只要亲人们身体健康，就是最开心的事了。

在儿子的随笔后面，老师写着："在这个不一样的农历年，大家都为了家人健康着想，只好透过电脑屏幕跟亲友祝贺，希望明年的春节，我们可以像往日一样跟亲友过年。"

04

其实,这样过年是我没想过的,我曾经以为,小时候和父母的分离已经是最后一次,我以后不会再经历了。那时还小,以为人不会有生离死别,所有的亲人都会永远陪伴我们。

我父亲从小就爱让我朗读苏轼的《水调歌头》,几乎他们每年春节从香港回来团圆时,我都会朗读几次,慢慢地我都能倒背如流。

儿子三年级,学校有个亲子活动,让家长和孩子录一段朗诵,我先生和儿子便朗诵了这一首,我再给配上古曲。这段视频还被学校拿来放给全校欣赏,当时,儿子对词里的"人有悲欢离合,月有阴晴圆缺。此事古难全,但愿人长久,千里共婵娟"还未真正理解。

如今回望,似乎冥冥之中有暗示,原来人生的每个阶段,都有分离和团圆。有的离别是短暂的,有的离别是永远的。短暂也好,永远也罢,都是一场心的旅程。

2019年春节,我的老友德玄师太从澳大利亚回韩国济州岛寺庙修行,我们一家人初一就飞济州岛去和她一起过年。那几天,我和老友几乎夜夜促膝长谈,看着世界的变化,心中多了一份对人生的豁达。

正是这份豁达,令我在面对未知的经历中临危不乱,淡定以待。

渐渐地,我悟到,团圆就是:亲人在,珍惜;亲人故,怀念。顺应自己的心流,用另一种方式达到心的圆满。

就像今年清明节,先生在家族群里发了他们去拜祭家公家婆的照片。往年,我们肯定是全家一起去祭拜,祭拜前,女儿会亲手折一束白色的纸花。今年，不能亲自前去祭拜，女儿和儿子看到群里的照片，在香港的家里，对着窗台，虔诚地遥拜。

这样的方式，就是一种心的团圆。

无论何时，珍惜当下，这就是团圆的另一种方式。

分离让我们学会放下、接纳、随心，让我们懂得什么是真正的圆满。

这才是大团圆的真正意义。

伤离别

01

如果问我人生有什么软肋的话,我的回答是:离别。

爸爸没去香港前,我大约四岁,这时两个弟弟已相继出生,我们还住在旧房子里。爸爸回忆,当时我家总是欢声笑语的。

爸爸说,当时生活虽艰苦,但也能保证我们每一天不是有鱼就是有肉的。爸爸妈妈虽住农村,但把田租给别人种,爸爸每日往返县城,拜师学木艺。当时爸爸拥有一辆凤凰单车和一块梅花手表,妈妈有一台缝纫机。

每日傍晚爸爸从县城里回来,总会带一点小东西,比如几个柿子、一点零食之类的。妈妈做饭,他就在床上逗我们玩,把柿子抛上抛下变魔术,一会儿不见了,一会儿一个变两个,引得我们尖叫连连;他逗我们玩烛火,只见他手一闪抓了一下火,我和大弟跟着学,不料被烫得哇哇大哭。

这样的时光很短,爸爸负责为家族建了新房子后,申请去香港了。留下妈妈和我们三个孩子在家乡,这时的小弟才一岁左右。

对这段时间,我开始有些模糊的记忆了。

我经常看到妈妈在新搬的大房子里发呆,印象最深刻的是洗脸时也一样,她总把毛巾捂在脸上良久,有人叫她,她才"噢噢"地反应过来。

对我们来说,有母亲在身边,似乎是没太大的离愁的。

但这样的日子到我和大弟要上小学时便渐渐没有了。

因为妈妈和小弟一直在申请去香港,她便提前送我们去位于镇里的外公外婆家上学。

这是我第一次体验到分离。

02

在外公外婆家上学,开始有些不习惯,但毕竟每个周末都可以回乡下见妈妈,慢慢就适应了。

妈妈在乡下有一个要好的闺密,我们叫她筐姨,是当时少有的拥有经商头脑的一个女性,十几岁就懂得去海边的村落收一些渔网线带回乡里分派给人家织,她赚中间的差价。但也因为沉迷做生意,耽搁了当时认为的适婚年龄,很晚才结婚。筐姨后来在县城拿下了几间店面做起了烟茶生意,结婚生子,日子过得很滋润。

筐姨力气大,车技好,我们每个星期从外公外婆那边回家都是她负责接送的。久而久之,她和我几个阿姨也成了好友。

一回家,妈妈就会给我们做好吃的,也会做很多新衣裳和新书包给我们。

这样开心的日子只维持了一段时间,直到批文下来,妈妈可以去香港了。

记得那一天不是周末，妈妈来到外公婆家，我和大弟放学回到家，只见外公外婆喜形于色，妈妈则神色沉着严肃。外婆一见到我们便开心地说："你们的妈妈可以去香港啦！"

我记得自己当时听了没什么感觉，这是意料中的事，为了这一天，大人们不是盼了好久了吗？我没有一丝喜悦，没搭理大人，只如往常，找伙伴们玩去了。

那天的天空，似乎不一样了。

03

妈妈和小弟去香港了。

我们周末不用回乡下了，日子似乎没什么变化。

直到有一天，筐姨来看我们，她和我小姨一时兴起，把我们带回乡下玩。

我好些日子没回来了，坐在筐姨的单车后座，沿着那条走了无数次的乡间小路，回到了我家。

只见如今的家，房子静悄悄、空荡荡，妈妈的缝纫机静静地待在角落里，披了一块蓝色的遮尘布，上面落着一层薄薄的灰尘。

我家的木门上还留着我用妈妈的粉笔画下的天仙飞人，仙女的丝带飞扬在空中，有些地方被擦掉了，显得有点模糊。

一切没变，一切又似乎全变了。

那天我第一次感到时间过得好慢。黄昏时刻，各户人家的烟囱冒出了袅袅炊烟，放眼望去，一片青色的稻田在风中摇曳，远处的夕阳散发出金黄金黄的光芒，又很快变成橘红色落了下去。

这曾是我多么熟悉的一个图景，但如今没有了妈妈的缝纫机嗒嗒的声音，没有了家里碗筷碰撞的咣咣声，没有了妈妈让我们回家吃饭的呼喊，一切都不再一样了，它变得如此冷清，如此寂寞。

我坐在房子外面的一堆砖头上，忽然，不由自主地感到一阵巨大的空虚。

那种感觉就如没有根的稻草，随风飘曳在半空，不知该落往何处。我第一次不知道自己身在何处，我又该往何处。

那种感觉并不是悲痛，也不是悲伤，但它却令人感到一种无以言表的、强烈到致命般的孤独。

孤独得我想永远忘记一切，忘记那一幕。

时至今日，我一想起当时那种感觉，都会有一阵深深的恐惧感和被掏空感，再也不想有第二次了。

04

妈妈去香港后，我们一年只见一次。

每一年春节是他们回来的日子，前后十天左右，是这一年最热闹的时光。

他们一般在除夕前一天回来，带来几个大行李箱，里面有食物和所有人的新年礼物，拆箱子就要好久好久。我总会很积极地帮忙拆箱子，因为一想到还有十天可以相聚，便很开心、很安心。

新年与爸妈从香港同时回来的还有其他的亲友，我家每日都是人来人往和不停息的欢声笑语。

但这样的日子过得很快，转眼到初十了，他们要回香港了。

当时去深圳的车一天只有清晨一班。启程那天，尽管爸妈一再嘱咐我别起身相送，我还是坚持在寒冷的凌晨起床，一起去到车站。等待的时候，爸爸故作轻松考我一些诗词，那边妈妈已经不敢看我们，似乎再看一眼，便舍不得走了。

汽车缓缓开动，妈妈再也忍不住，泪水如开闸般汹涌而出，我手指狠狠地握紧，指甲扎得肉生痛生痛的，就这样强忍住泪水，不让它流下来，一直目送汽车渐渐远去。如今我也成为人母，更深切体会到当时妈妈的心情，是有多难过和不舍。

回到家，一下感到冷冷清清，我知道，再见他们，要到下一个春节了。

想至此，眼泪终是忍不住，躲在被窝里，哭了好久好久。

如果没有小时候和父母共度的快乐时光，那离别的感觉应该可以麻木和疏离些。那是一种深埋心底而不自知的疼。但我曾是那么快乐地和父母度过我的童年，这种离别的疼，在当下便显得如此明显和强烈。

05

慢慢地，随着分离次数增多，每年的见面次数也变成两到三次，离别就成了一件习以为常的事，如同起茧的皮肉，已经磨得不疼了。

我以为自己已经习惯了离别，但当我和先生决定分手后，这种空虚孤独的感觉又卷土重来。

我大三时认识的先生，先生当时已经在工作了，我们因为有着共同语言而很快走在一起。

先生和我来自同一个县城，家族的发展和我家有些类似，只不过我家移居香港，他的家族则是移居至广州。我们知道，他也不可能来香港发展，因为那代表他必须从零开始，而在广州，他有很好的事业基础。

先生稳重成熟，细心体贴。恋爱期间，先生对我可谓无微不至。我喜欢川菜，我们便吃遍了整个广州的川菜馆。我们班去郊外写生留宿，他会及时送来很多生活用品。

但我们深知，我们离结婚的路很远。所以，我们是不以结婚为前提的交往。分与不分，先生将一切的选择权交于我。

我毕业后，如我们约定好的，我回香港。

当时，香港已经回归祖国，而我们却要分开了。

我来来回回往返多次，每次搬一些东西回香港，大部分是我最珍惜的书。每次我回香港，先生都会送我至深圳罗湖关口，我们依依不舍地告别。其实也可以选择一次性托运，但我坚持一点点搬，这样可以拖延分开的时间。

直到我在香港找到工作,不能如之前一样随时找借口见面了。

我下定决心,分就要彻底。于是,我接连报了两个班,每周两次英语,一次法语。我计划等熟练掌握语言后,便去最喜欢的法国艺术学院留学读研。

但小时候那种被掏空的空虚感无时无刻不伴随着我。

记得有一天,我下班后搭地铁过海去英国文化协会上英文课,在金钟地铁站转车。那时下班高峰期已过,我在偌大的地铁站里,茫然不知所措,那种最令我害怕的孤独感卷土重来,一如当时妈妈刚来香港,我回到乡下空荡荡的家的那种茫然。列车轰隆隆的,一阵又一阵的呼啸声掠耳而过,一阵阵凉风吹乱了我的头发,我忽然不假思索地摸索出身上所有的硬币,跑到电话亭,给先生拨了一个电话。

离别,是我当时不能承受之重。

童年时,我对离别最耿耿于怀之处,以为是香港这座不可跨越的城市分开了我和亲人,而今,我来到这座有我父母亲的城市后,我却想要摆脱它!

我顿悟,离别的根源,是因为爱。无论是亲情,或是爱情,有了牵挂,才有难以割舍的离别。既然离别令人如此痛苦,为何还要坚守它?

如果说童年时的离别是无可奈何,无能为力,那成年的我,难道不能冲破它吗?

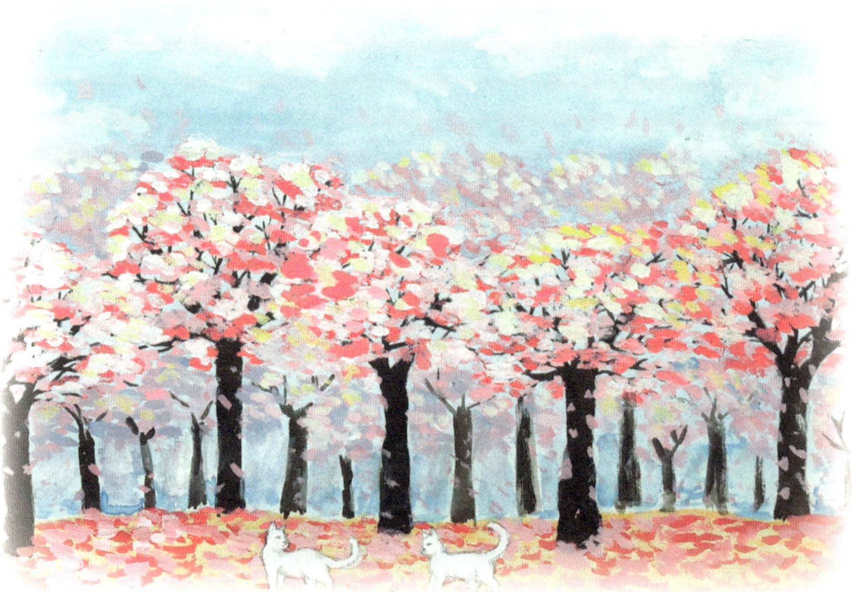

06

即使这样,我还是迟迟下不了决心。我和先生每日在电话中互相倾诉思念之情。当时我的工作稳定有前途,我设计的珠宝摆在各大珠宝行的橱窗里。也有其他追求者,但都被我拒绝了,我说我已经有男朋友了。我想这就是距离产生美吧。

这时,风靡全球的《泰坦尼克号》上演了,它促使我们下定决心,公开关系,战胜阻力。

这部电影,我在香港看,先生在广州看。据先生说,他当时看得泪流满面,觉得人生无常,有人生死永隔,无法相见,终生遗憾。有什么比珍惜眼前人更重要呢,有什么困难是无法克服的呢?

于是我们重新思考了往后的人生,决定在一起。我公开我们的关系,意料之中,爸爸反对,好在妈妈托人了解先生家庭和人品后同意我的选择。尽管爸爸反对,我还是毅然辞了职,回广州发展,开启人生新的篇章。

只是,又得和香港的父母分开了,似乎又回到原点。但此时的我,心中有爱情,很踏实。

07

正因为有这些分离的经历,我在心里暗暗发誓,我不会让孩子再经历那种离别的感觉了。

"陪伴"成为我养育孩子时最重要的信念,孩子们相继在香港出生,但我们决定让他们在广州念书,最起码在他们的童年,全家要在一起。

作为一个阅读过很多育儿书籍的妈妈,我怎会不知道,放手才是对孩子最好的教育,但我做不到啊,特别是对女儿。

记得快生儿子时,女儿才两岁半,当时我需要来香港待产,包括坐月子,这期间需要两个月。尽管家婆让我把女儿留在广州,她会照顾好的,但女儿自小是我自己带大,一想到女儿要和我分开,想到她找不到妈妈痛哭流涕的样子,我便非常不舍。于是我给阿姨放了两个星期假,让她回老家办理来香港的通行证,到时候一起来香港,负责女儿平时起居。坐月子又请了月嫂,这样起码我可以在平时照料陪伴女儿。

虽是有点兴师动众,但我觉得很值得。而且,女儿如今的安全感很足。

女儿二年级时,学校组织去台湾游学,我既想让她去历练,又实在放心不下,想到她第一次离开父母会落寞难过的样子,仿佛看到童年的自己,我心中万分不舍,甚至胡思乱想,万一女儿发烧了怎么办,万一女儿走丢了怎么办。

最后,先生抽出时间,我们带着在念幼儿园的儿子,瞒着女儿,偷偷尾随至台湾,地点同女儿游学安排一样,还买了同一班回程的机票。万一女儿不适应,我们可以让她知道父母一直在身边,别害怕。

事实上，女儿适应得很好，一直有分离焦虑、离不开的那个人是我。当回程时，我们出现在台湾的桃园机场和她会合，女儿刚见到我们时欣喜不已，但随后就嫌弃我们破坏了她引以为豪的一次完整的成长体验。

我知道，这些都是因为小时候离别给我带来的阴影，一想到女儿会在半夜想找妈妈而找不到，我便心痛万分，那种感觉我真的不愿她去经历，其实最需要安慰的是那时年幼的自己。

女儿如今已经是亭亭玉立的姑娘了，每聊起这事，还是对我满脸的"鄙视"，但我也能感觉到她发自内心的幸福感。或许有时我的保护过犹不及，但我庆幸没有缺席过。

08

转眼女儿该上初中了，经过多方面衡量，我和先生决定由我陪孩子们回香港上学。因为错过这个时机，以后再回港融入可能就晚了。何况现在交通便利，先生同我们可以一周见一次面，假期更是如以往一样可以在一起。

来到香港后，刚开始的确如我们计划，一周见一次，大部分时间是先生过来，如果他忙，我们便回广州，只需两小时。但这样的日子维持不到半年，新冠病毒来了。

从没料到，历史以这样的方式重现了。离别，它又一次降临，而且，还是漫长的等待。

当年我和父母一年相见一次，都觉得时间好长好久，但在21世纪的今天，短短的一百多公里，我与孩子和先生居然有两年多没见面。

先生每天记着日子，会不时发来信息："2020年1月27日晚离开你们，至今已几年几天了……"看到信息，我不禁心酸。

如今的我，已成为人母，角色已转变。陪伴孩子成长也是自我成长、自我修复的过程，我发现自己变得更坚韧，更有力量了。为母则刚，小时候离别那种空洞的感觉于我，已转变成了一种实在的动力，让我可以勇敢地面对困难，并能好好保护孩子们的安全感。

我已经很满足和庆幸，因为无论世事如何变化，我们的心都在一起。

二伯父

01

我印象中的二伯父一直是英俊倜傥的。父辈中，他的身材最为高大，气质不怒而威，无论在哪里，他都有一股强大的气场。

二伯父在我心中如同书里的将军一样威风，当他穿上西装，把头发梳得整齐光亮的时候，又带有一种成功商贾的气质，冷静沉着又不失温和。

其实我对二伯父的实际印象并不是非常清晰，从小到大见他的次数也少，关于他的事迹大多听爸爸讲述，我自己仅有几次和他见面的一些印象。

二伯父自小便不是安分的人，听爸爸说，他本来念书念得很好，但家里生活太贫困，二伯父便时不时做点小生意，比如往返于县城乡村之间，倒卖一些小商品。

二伯父是我父亲的第二个哥哥，上面还有一个大姐和大哥。大姑妈嫁给了县城一个区干部，大伯父则一直留在家乡。二伯父和我父亲的年龄隔了十岁，二伯父前往香港时是少年，当时我的父亲也才几岁而已。

定居香港后，便是二伯父大展拳脚的时候，对于一个聪明而且能吃苦耐劳的人，香港这块生机勃勃的土壤给予了他丰厚的回报。

二伯父经过几年打工，渐渐对玩具行业产生了兴趣。他开始联合几个朋友自己创业，从小工作坊开始。

这便是二伯父创业的雏形。

02

我对二伯父有记忆时，二伯父已经在广州开设公司。这时的二伯父已经三十多岁了。他在香港成家立业，有四个儿子，二伯娘是在香港出生，但祖籍也是潮汕。

我当时才三四岁左右，便开始了我的第一次广州之旅。原因是二伯父写信来，叫全家人去广州相会。

于是，大伯父带着堂哥，我爸爸带着我，还有大姑丈陪着我奶奶，第一次出远门，来到了广州。

这些是爸爸说的，我没印象了，但爸爸一提，我似乎又有那么一点印象。我爸说我一路晕车，扯着他的衣服，一步都不肯松手。

我们入住当时广州豪华的爱群酒店，我虽没印象了，但在往后的日子里，当我一走进广州老字号酒楼，闻到那股扑面而来的粤式酒楼特有的茶点味道时，便有一种儿时熟悉的感觉，特别喜欢。

到了晚上，大家在二伯父住的公寓里聊天叙旧，二伯父拿出给我们准备的礼物。我拿着一件漂亮的毛衣，等了一下，见礼物派完了，便不禁问了一句："我弟弟的呢，他怎么没有礼物？"

我一问完，大概是意识到要礼物不妥，不好意思起来。二伯父笑着赞许道："不错，是不是大人教的呀？"大家不禁笑了起来，二伯父说完找出了一样礼物，让我带给弟弟。

这就是我对二伯父的初始印象，他喜欢大口吃饭、做事主动大胆的孩子。

03

那时，我爸爸还没去香港。二伯父经常寄衣物来家乡，还汇了钱，让爸爸负责物色一块地建新房子。于是，我们家族成为全村第一户建新房子的人。建好的大房子里，每家人都有独立的厨房和厕所，奶奶住上厅主房。

我再长大一些，爸爸已去了香港，我和妈妈、弟弟留守家乡，最开心的时候就是新年了。

年前几天，爸爸和二伯父一家热热闹闹地回家乡。这简直是村里一大盛事，家里人来人往，工夫茶的茶香和茶杯轻碰的声音夹杂着人们的笑声，可以说每日从上午至晚上没停息过。那几日我们家门庭若市，热闹非凡。我们一群堂兄妹聚在一起玩个痛快，我们用装行李的条纹蛇皮袋捉迷藏，差点将躲在里面的弟弟闷坏，如今妈妈提起来还心有余悸。

二伯父家的四个堂哥开始时只会说一点潮汕话，等过完年回香港的时候，他们的潮汕话水平大有进步。

正月初一，二伯父开始派发红包，全村孩子都有，孩子们都欢欢喜喜过了一个年。

04

二伯父的威严体现在生意上——他在生意场上雷厉风行，不讲情面。

他在香港和朋友合作开公司，因为经营理念不同，有的合伙人退股，有的自立门户，最后二伯父自己坚持一人把公司做了下来。

赶上改革开放，香港很多人回家乡兴办工厂，二伯父也一样，在香港设立公司，在家乡县城开办工厂，并让大伯父的儿子当厂长。工厂让家乡的很多人有了就业机会，但同样的，谁做得不好，会被批评并开除，不会因是宗亲而特别照顾。

这时爸妈已经去香港，得益于二伯父的工厂，一年之中，爸爸有时需回内地工厂监工，这样又可以和我们多见面。

后来，二伯父在深圳郊区买了地，兴建了厂房，工厂搬到了深圳郊区。

当时妈妈也在二伯父的工厂工作，已经能独当一面，经常往返两地。我们也渐渐长大，暑假都会去深圳会一会父母，有时会在二伯父的工厂住上几天。

我平时虽然很少碰上二伯父,但感觉自己的成长离不开二伯父对家族的影响,他的一言一行通过父亲的描述,越发令人尊敬。

自从二伯父事业有所成就后,他就开始回馈社会。他回家乡建学校,教学楼是以他的名字命名的;二伯父还出资修建桥梁以及家乡至城里的公路;在县城里,他和朋友捐钱兴建慈善医院,至今令很多病人受益。

这时的二伯父在我们家乡家喻户晓,他是家乡人的骄傲。我奶奶去世时,送行的队伍排了很长很长。

在家乡风俗里,这是对一位逝去老人的最高荣誉,想必我奶奶是自豪无憾的。

05

我对二伯父有清晰些的印象,要到我长大后。

记得我拿到可以在香港定居的批文,第一天进入香港时,爸爸并不是把我带回家,而是先把我带到二伯父的公司。

因为我能申请来香港,少不了二伯父的功劳,他一直把这事记于心中,念着要帮我申请来港。

见到我们,二伯父很开心,问了很多我目前生活和读书的情况。

后来我回广州继续念书,再一次近距离和二伯父聊天,是到我大三的时候了。

记得那是暑假,我和我的一个韩国留学生老友,拿着我们画的一幅钟馗画作到二伯父公司给他看,因为二伯父在香港有个慈善机构,我也想用我们的画作做点善事。

二伯父很认真地看了我铺在地上的画,问了画的细节,泡工夫茶请我们喝,把我们当成年人对待,还推荐我将画带去他的慈善机构。

这时的二伯父是如此慈祥和蔼,一点看不出这是别人眼里那位"叱咤风云"的人物。

06

我大学毕业回港工作后,又决定为了爱情辞职回广州。当我向家里公布和先生的恋情时,我爸坚决反对。一家人好不容易团聚,怎能让我回内地!

记得第二天,爸爸把工作全部推掉,下午带我去香港太平山顶。

他想让我看看香港灯火绚烂的夜景,看看香港的繁华,以此改变我的心意。

但我心意已决。

后来爸爸能够改变意愿,还要感谢我二伯父。

听妈妈说,二伯父了解情况后,不但没有反对,还帮忙说服爸爸,说时代不一样了,何况以后香港和内地的发展都一样,爸爸才渐渐同意的。

结婚前,我专门带我先生去香港拜见二伯父,那时他刚做完手术,正康复中。

他精神状态很好,声音洪亮。他和我先生聊了很多家庭和工作上的事情。临走,他一直送我们到电梯口。

我们结婚时,二伯父还发动他公司的员工和堂哥们一起来广州参加我的婚礼。

我一直很感激他。

07

其实当得知二伯父得病时,我们都惊呆了。曾经那么坚强的一个人,怎么会生病?

好在发现病情后,二伯父的手术很成功。当时我们以为已经痊愈了,但几年后,他的病复发了。

二伯父在香港请了最好的医生治疗,我先生也找了广州最顶尖的医生,约了二伯父的儿子一起来广州商讨方案。无论有没有帮助,这是我们的一份心意。

但病来如山倒,在病痛面前,很多人都束手无策。

最后一次见二伯父,是在他的公司里。

这时的二伯父,已没有了尖锐感,但还是有一股与生俱来的威严。

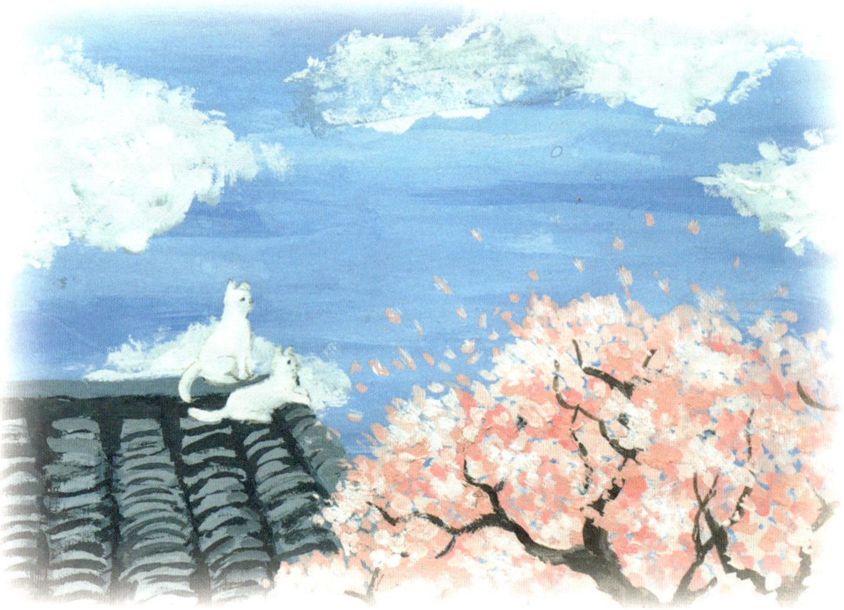

我想起第一次来香港时看到的他，那时的二伯父，多么健硕呀。而如今，他苍老了很多，不禁令人一阵感伤。

爸爸刻意讲了很多往昔好笑的段子，大家都在笑，但都掩饰不了感伤。

半年后，二伯父还是没能战胜病魔，走了，还不到70岁。

08

这个一辈子坚强威严的人倒下了，爸爸无比伤心，二伯父于爸爸而言，既是兄弟，又如父亲，失去了这样一个顶梁柱，对家族来说无异于天塌了。

但我的父母从二伯父身上传承了坚毅的力量，也学习了奋斗的精神，事业越来越好，二伯父生前曾宽慰地对我爸妈说："咱们家族又可以出能人了。"

家族再出能人，也是在二伯父的影响下，这是对二伯父一生不懈奋斗精神的传承和致敬。

二伯父从一个贫穷的少年，靠自己的奋斗努力，取得了成就，并受到很多人的尊敬，他也深深影响了整个家族。不用豪言壮语，却令家族的人学习他的精神，每个人都在自己的人生里尽力做到最好，这就是一个家族榜样的力量。

老顽童爸爸

01

在我家，小孩子会喊爸爸妈妈为老爸老妈，就如同广东白话中喊自己父亲为"老窦"一样，是一种亲昵的叫法。

我老爸个子中等，皮肤偏黑，老妈说他年轻时挺帅，我们也没看出来，估计就老妈情人眼里出帅哥吧，要不也不会嫁给我爸了。

在我们家，老爸是负责搞笑的。

老爸可以说是个名副其实的"段子手"，有他在的地方就有笑声。每次亲戚们在一起，大家总爱听老爸讲笑话，那些笑话都是周边的人和事，从他的嘴里说出来，总是令人捧腹大笑。

他说以前乡下有妯娌俩一同去挑水，其中老实的那位一路把水挑到门口后，另一个对老实人说："辛苦了，辛苦了，我来挑吧。"然后硬生生把人家的担子抢过来，挑着水进了家，大家还以为是她一路挑来的，那位老实人只好吃哑巴亏了。

类似这样的笑话还有很多。大家顺着他的话也会勾起一两件陈年旧事，七嘴八舌地说开，继而哄堂大笑。有老爸的地方就很热闹。

老爸老妈去香港后，每年春节回来给我们买新衣服。有一年，我记得是我小学三四年级的样子，老爸不顾老妈反对，买了四件深咖啡色的唐装棉袄，他和我们姐弟一人一件。

我很苦恼，我想要穿公主裙，不想穿这个黑乎乎的衣服。但没办法，老爸一个劲说好看，不穿也不行，只好硬着头皮穿，小小的我，内心实在很不情愿。现在想起来，却觉得很好看，这是最早的亲子装，放到现在也是最时尚的，可惜找不到照片了。

捉弄小孩也是他的强项。

我们小时候，老爸在我们面前表演捏烛火，只见他的手快速地在烛火上一捏一闪，没烫着。然后叫我们试试，我们不懂，也学他用手抓烛火，被烫得哇哇大哭。

他现在又捉弄起孙子来，他买了孩子最喜欢的糖放着，我儿子见了，要吃，他开价一颗五元，把我儿子的零花钱都骗了过来。下次儿子见了公公，马上问我要钱，我不解，儿子说："去跟公公买糖吃啊。"老爸说："因为波比最乖最棒了，公公这次的糖一颗一块钱就好，不用五块。"儿子高兴极了，觉得公公特够朋友。

真是老顽童一个。

02

老顽童做个小手术，就住几天的院，他也能住出乐趣来。

当时病房是半休养型的，开始只有老爸一人住，他是大烟虫，常常忍不住就在病房里偷偷抽烟，护士小姐说了他，但当时只有他一人，估计后来护士小姐就睁一只眼闭一只眼了。

第二天，进来了一个二十几岁的小伙子，刚做完小手术。他一进病房就闻到了烟味，我老爸还请他抽烟，他拒绝了，并很不客气地不许老爸在房里抽烟，老爸自知理亏，只能去阳台或厕所里抽。

第二天，我们去看老爸，看到老爸和小伙子在下棋，令人惊讶的是，老爸居然边下棋边悠闲地抽烟！

我们很是好奇，问老爸如何搞定小伙子的，老爸很若无其事地用家乡方言告诉我们。

原来小伙子手术后麻药过了，疼痛难忍，为了转移注意力，他看我老爸在摆弄象棋，便邀我老爸下一盘，我老爸一听马上摆起架子，说："不是我不下啊，只是我一下棋就得抽烟，怎么办呢？"小伙子下棋心切，就答应了让我老爸抽烟。

我们哭笑不得，真心服了老爸。

住了几天院，两人越发熟稔起来，老爸发现小伙子原来脚踏两条船，有两个姑娘经常轮流来看小伙子。老爸实在看不过，打算把实情告诉他看得比较顺眼的那位姑娘，一副唯恐天下不乱的样子，好在我们及时阻止，才没让他说出来。

03

不过，老爸虽然老顽童一个，但也有认真的时刻。他认真时像个老夫子。

老爸爱好文学，唐诗宋词的经典篇章都能倒背如流。他喜欢中国现代史，对中国的十大元帅、国共之间的各个战役了如指掌。他最崇拜毛泽东老人家，对毛主席的诗词都很熟，他的床头柜也是满满地堆着关于各个战役和诗词的书。

每次见到我，他都会信手从烟壳撕下一片硬纸来，写下辛弃疾或毛泽东的某一首诗词给我读。不知不觉地，我也变得很喜欢诗词了。

元宵节有猜谜活动，他也喜欢去看看。现在也会在微信里发谜语之类的东西给全家猜。

我看的第一部戏剧，是老爸带我去看的，记得是潮剧《张春郎削发》，演张春郎的是爸爸喜欢的一个名角。老爸边看边夸张地解说一番给我听，我虽然懵懵懂懂，但艺术无关年龄，我也看得很入戏。

老爸不喜欢外国片，但我看的第一部外国电影《魂断蓝桥》也是老爸带去看的，黑白片，很感动，一直到现在还记得。

老爸从香港带来整套金庸的《笑傲江湖》，是竖排版。四本一套，我居然全部看了下来，一套看完，繁体字也基本都会认了。

几年前我在广州时，老爸发信息给我，叫我帮他买一本《第二次握手》，他要买给老妈。

这本书对他们意义重大，也是他们的"情书"。当初我爸先去香港，老妈还没有过去，老爸给老妈买了这本书，老妈认字不多，但把这本书都看完了。

因为看了这本书，老妈灵感一来，给我取了一个当时有点洋气的

"娜"字，让我吐槽到现在。也因为这本书，老妈给我小弟的孩子取了带有"冠"字的名字，也令我小弟一番吐槽。

如今老爸又要买这本书给老妈看，不知老妈又会给哪个孩子起名字了。

可见，老爸的文人情怀一直在不知不觉中影响着全家人。

04

爷爷去世早，我几乎没什么印象。老爸在家里排老四，前面有一个大姐和两个哥哥，老爸和二伯父之间相差了十岁，听说老爸前面有三个孩子夭折了，所以老爸出生后，家里就格外宠他、珍惜他。老爸是他们兄弟几个中念书最多的。

我见老爸哭过两次，一次是奶奶去世。那时候我还小，看到老爸跪在奶奶灵前大哭，觉得好奇怪，原来爸爸也是会哭的。

第二次是二伯父去世时。

老爸最尊敬的人应该就是二伯父了，二伯父在年轻时就去了香港，并白手起家取得了成功。他改变了整个家族的命运，改变了我们一家的命运。

老爸视这个二哥如父亲一般。在二伯父生病最后的日子里，老爸经常陪在他身边，给他讲笑话，讲小时候的趣事。兄弟俩这么多年，反而是此刻才难得的有在一起的开心时刻，可惜这样的时光已是最后的回忆了。二伯父虽在商场上叱咤风云，却还是没能战胜病魔，离开了人世。

二伯父过世后，老爸悲伤至极，写了一首哀悼亡兄的诗词：

悼亡兄

昔年漂泊渡香江，万事惟感创业难。
穷困之日身独善，腾达慷慨济贫寒。
修缮祠庙承先祖，兴学造桥泽桑梓。
兄今不幸辞人世，家有疑难问何人。

此时的老爸不是老顽童，是一个情真意切的弟弟。

05

我们一家陆续移居香港的过程很不容易。所以当我大学毕业，回香港工作一年后，告诉家里人我在广州有男朋友，打算回广州发展的时候，老爸强烈反对，他的反应也是意料之中的。

他马上请了假，说要带我去太平山顶看夜景。

他说："有多少人做梦都想来香港，你知道为什么吗？"

他想让我知道香港的美丽繁华，让我知道我的选择是错的。

我们一路走上山顶车站的斜坡，老爸步伐较快，走在我前面。我不知为什么，想起朱自清的《背影》，虽然是不一样的情况，但天下的父亲都是一样的，他们不善于用语言表达，却用脚步和背影来告诉你，我是关心、担忧你的父亲。

我们上了山顶，天还没黑，我们到处逛逛，我无心看风景，相信老爸也没有心情看。一直到天黑，老爸挑了一家很贵的自助餐厅吃饭，老爸平日不喜欢西餐，就吃了一点点，我倒吃得多，然后我们看夜景。

香港的夜景的确很美很美，我却不为所动。老爸指这边那边地给我看，告诉我家的方向在哪里，告诉我哪一片最繁华。

这一次的夜景当然没有改变我的决定，却让我记住了老爸的背影，走在我前面的那个并不高大的背影，虽然已经过了很长时间，那个背影却更清晰了。

去年，我和先生带孩子们又去山顶，想起了那次和爸爸的山顶之行，岁月如梭，一晃十几年了，夜景没怎么改变，而当初令老爸担忧的女孩如今已是两个孩子的母亲，如今的老爸也已添了不少白发。

我先生说："我现在能理解爸当时的心情，可能再过十几年，就轮到我带女儿来这里看夜景了。"

我忽然有点哽咽。

06

　　来香港几年后，老爸和几个老乡一起承包着某大公司的一些工程。后来，老妈决定创业时，老爸全力支持，并帮老妈分忧解难，搭建人脉。因为有老爸作基石，老妈才可以全心投入创业，没有后顾之忧。

　　现在老爸和老妈一起打理工厂，他多数时间在老家厂里，但理发是必须回香港理的。没错，理发，他就只认定香港的师傅，每次就为了理发回香港，我真是无语了。

　　老爸老妈在生活上十分合拍，两人性格互补。他经常打电话过来，告诉我们他和老妈之间的趣事，电话那边一片笑声和吵闹声。

　　有老爸的地方，便有欢声笑语。

　　这是老爸带给我们这个家的礼物，是我成长中收到的最好的礼物。

最佳女主角

01

老妈只念了三年书,这有点不合情理。因为老妈出生在一个知识分子家庭,外公外婆都是老师,外婆年轻时还是个很前卫的穿短裤打篮球的女子。

那老妈为什么只读了三年书,原因是老妈的四个妹妹相继出生,外公当时得下乡劳动,不得已,老妈只能辍学了。这可给我农民出身又偏偏满腹经纶的老爸添了好多取笑老妈的机会。

老妈刚去香港几年,就凭着出色的工作能力,被客户邀请去法国参观公司,顺便在欧洲各国游玩。回来后,老爸打电话给我,说:"你知道你妈这次去了哪里吗?"我说:"不是去欧洲吗?"老爸说:"你妈说她没有去法国,但去了巴黎,后来因为签证什么的原因,本来要去英国的,没去成,就只去了伦敦。"

我在电话这头笑了。

虽然这里面有老爸的夸张成分,但至今,我们都会拿出来调侃我妈,她也不介意,还和我们一起再添油加醋一番。

我终于知道我的理科成绩不好和路痴的原因在哪里了。

不过在那个年代就可以去外面开眼界,我们是特别佩服老妈的。

02

老妈遗传了外婆的身高,一米六几的个子,皮肤白皙。听说老妈年轻时有好几个人追,但老妈只看上我老爸,我估计老爸肯定是用诗词之类的手段追上我妈的。

老爸先去的香港,老妈是过了几年才过去的。那几年老妈独自抚养我们几个孩子肯定很难,我那时还小,就记得老妈常常在洗脸时发呆,拿着毛巾有时愣好久。

当时爸爸兄弟几家人住在二伯父出资建的大房子里,我们管那栋房子的构造叫"四马拖车"。每家人各自有独立的厢房,生活也各自独立。

老妈没事时就免费帮亲人邻里做做衣服,因为她的一个舅舅会做衣服,老妈年少时和他学过一段时间。老妈还无师自通帮别人剪头发。因此家里经常有乡亲来来去去,妈妈不收钱,他们便经常拿些自家种的食物来。

奶奶那时还在,我印象中阳光美好,空气清新,下午的风轻轻地吹过麦田,老妈在缝制衣服,缝纫机的声音一阵阵的,像催眠曲。奶奶的下午茶时间到,她开始沏茶,然后用杯子互相碰一碰,老妈听到清脆的茶杯声后,便会放下衣服,过来和奶奶一起喝茶。在乡下,婆媳两人有这般光景,实在难得。

小时候,我和小伙伴玩踢沙包游戏(类似踢毽子),老妈用缝纫机给我缝不同图案的小沙包。她用不同的碎花布边角料裁出六片正方形布片,拼缝成一个正方体,缝好形状后留个口子,放把带壳的薏米进去，再把口缝住。沙包软软的，一踢起来薏米粒沙沙作响，拿着新沙包时，我感觉好愉悦好满足。我成了孩子们最喜欢的玩伴，她们都来找我踢沙包、跳绳。

我从小就爱拿老妈做衣服用的粉笔，在木门上画连环画上看到的飞天仕女图，老妈从不阻止我，还夸我画得好。后来老妈去了香港，每次过年回来，要走时，总是要我画几张让她带去给同事看。我很自豪，家人在吃饭了，我还在那里画，一心要把最拿手的画出来。

从此，我的梦想就是要当一个画家。

老妈从没看过一本育儿书，对孩子的养育真可谓无师自通啊。

03

老妈去了香港后，她做衣服的手艺给她带来了很大帮助。很快她就在香港的老乡圈里出名了。

老妈去香港后就进了二伯父的工厂工作，这比起其他刚到香港到处找工作的人来说，是很幸运的。但老妈也不会因为是亲戚而被特殊照顾。

二伯父开的是玩具厂，产品类似芭比娃娃，是那种穿着美丽的衣服，身体一放平，眼睛就会闭上的娃娃。这种娃娃需要用缝纫机缝上金色的头发，在厂里这是计件的，谁缝得最快最多，谁就赚更多的钱。而老妈速度惊人，一个月工资算下来，拿了第一高工资，连经理都没她高。

接着老妈又解决了一个娃娃头发的技术问题，令头发看起来更好看，也更容易制作。

又因为老妈有缝纫基础，很快被调去打样版，那时，打样版的工作最重要，关系到客户满意不满意，能不能接到订货单。

这种娃娃最重要的就是衣服的造型了，但客户画的图纸，没有标注尺寸，全靠打版师傅的感觉和理解来做，老妈一下抓住了感觉，做出来的娃娃衣服很可爱又合适到位。客户很满意也很欣赏老妈。这也是上面说的法国客户邀请老妈去他们国家参观游玩的原因。

04

就这样去香港没几年，老爸老妈就存到了一笔钱，他们第一时间回老家建了一栋房子给外公外婆和我们住。

这时候，外公已从镇里的中学调到县里的成人电视大学工作，我们也都在县城里念书。外公外婆生了五个女儿，一直为没生儿子耿耿于怀。老妈来建了房子之后，外公在学校里是第一个住上独门独栋的房子的，外公很是荣耀，对没生儿子这事也释怀了。

但工作做得好好的老妈并不满足现状，她毅然辞去了高薪的工作，在四十岁时开始创业。

记得刚开始是在香港的工业区租了一个单间的写字楼，里面的陈列架还是老爸去买材料自己一手组装的。后来随着业务需要才慢慢扩大规模。

在香港的公司用于和洋行洽谈、接单，工厂则设在老家。

回老家办工厂，主要是做手袋。万事开头难，老妈一点一滴地开创她的事业。开始的时候，凡事都要亲力亲为，招聘、人事、税务……老妈都能兵来将挡，水来土掩。

老妈虽然只念了三年书，但看合同和需要她签名的文件时从不含糊。客户的版单要求写得密密麻麻的，还夹着很多的英文单词，她都看得懂，这时候她变成了一个精明能干的人。

在老家办事不能按部就班，亲戚之间的关系处理也要拿捏得当，但到老妈这里，什么大事都不是事了，她大事化小，小事化无，处事干脆利落，颇有大将之风。

刚开始创业时，每周要一至两次往返于家乡和香港之间，老妈提着大包小包的样品和材料，在深圳罗湖的关口风风火火地往来着。

虽然累，但那时的老妈充满激情，十分坚毅。现在回过头来，老妈说，不知当初她是怎么坚持下来的，换成现在，她未必做得到，她当时就只有一个信念，咬着牙也要坚持下去。

05

　　老妈事业做得风生水起，但她在我们心目中可不是女强人，相反，在家里，就是老妈子一个。

　　外公去世后，怕外婆一人孤独，老妈逢年过节经常留在老家陪外婆，我们有时也回去一起过节。

　　每次我们出门，老妈的电话就开始轰炸了，从出门了没到上高速了没，到哪里了，孩子们要吃什么，大人要吃什么，她都一一询问清楚，计算着时间，打算等我们快到时才开始炒菜，这样菜才不会凉了。后来，她一打电话给我们，我们就说刚刚还不塞车的，你电话一来就开始塞了，于是她就忍住不打了，怕电话打过来真的就会塞车。一路这么清静，我们反而有点不习惯了。

　　她买了几部电动小汽车专门给孙子们玩。我们还没到，她就全部充好电，孩子们一到就可以开着车满屋子跑，所以每次去了都不愿意回来了。

　　老妈还喜欢和老爸抢着炒菜，然后要我们评谁的更好吃，如果是老爸煮的好，她便说是她买的材料新鲜才这么好吃。反正一定是她的原因才好吃。

　　全家在一起时，老妈哪件事做得不好，哪个东西忘记了，我们也经常对她批评一番，老妈一点都不生气，乐呵呵的随我们调侃。

　　老公感叹我为何没老妈的好脾气呢，看来这基因没传给我。

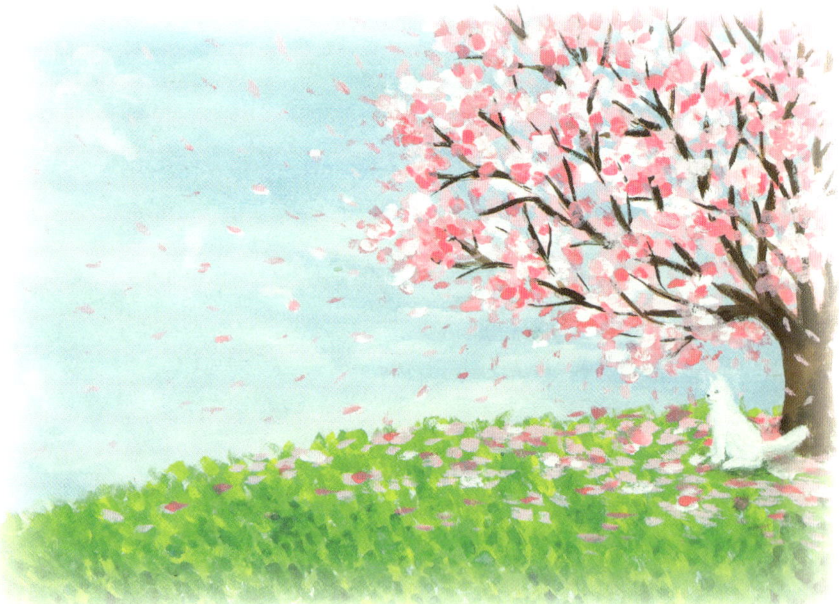

记得有一次我和老公、孩子们自驾去桂林玩，一路塞车，大家烦躁不已，我在车上打电话向老妈诉苦，老妈安慰我说："不要急，你们本来就是去玩的，路上也是风景，就当现在是在欣赏风景就好了。"一句话说得我焦虑的心情马上放松了。

是啊，人生也一样，处处是风景，老妈的人生更是一幅交相辉映、层次丰富的山水画。

如今老妈正步入老年的行列，她现在和老爸两人每天早晨都出去打太极拳，打起太极拳的老妈也很认真，每天看视频苦练，打得有模有样。

这就是我老妈，无论为人妻、人母、人女还是人媳，每一角色都做得非常好。

重要的是，她一直在做她自己，她是自己人生的女主角。

大姑妈

01

对于我大姑妈,我一直有种亲切感,因为她差点就成为我"妈"。

大姑妈比我爸大十几岁,因为我爸和她年龄差距大,她特别疼我爸。她出嫁时,我爸还小,听说嫁姐姐有一碗美味的嫁姐饭吃,爸爸一早就起床相送,倒不是因为情深,而是为了吃那碗期待很久的嫁姐饭。

姑父长相贵气,这是大家对他的评价。后来凡是我家有什么重大事情,比如去广州和二伯父相会,买票安排时间之类的事,姑父必然是那个担重任之人,因他是见过世面的。

为什么说我差点要叫姑妈为"妈",是因为姑妈生了五个儿子,很想生个女儿而一直未能如愿。她很想把我抱去养,因为我一出生就长得和她有几分相似,我们都是"求耳",就是有点招风耳。当时姑妈盯着我妈怀着我小弟的大肚子,说:"你这一胎如果是女孩,就把阿芦(我的乳名)给我吧。"我奶奶也表示赞同,搞得我妈心惶惶,怕我小弟是个女孩。

好在是个男孩,我才没被姑妈抱走当女儿。当然,我爸妈讲这个故事的时候,再三地跟我保证,即使生出来是女孩,他们也绝不会答应姑妈。

姑妈便在没女儿的遗憾中幸福地养大五个儿子。

姑父的家庭条件不错，不但姑父有能力，姑父的哥哥在香港发展得也不错，在家乡也小有名气。

姑父家的房子就建在县城的中心位置，三层楼，旁边还有一棵百年老树。我记得，每到新年，姑父家人来人往，光家里帮忙煮饭的妇人便有几个，可以说是当时的"贵族"。

即使这样，姑父家还是怀揣着去香港发展的梦想。

姑父的哥哥我们叫城伯，早我二伯父好些年去的香港，我二伯父到港后还是靠他仗义相助，才能在香港落脚，我们都很敬重他。

有这一层亲戚关系，我姑父儿子中的老二、老三、老五先后申请去了香港。

02

其实以姑父家的能力，孩子们在身边发展也不会差，最起码，有自家人"罩"着。但当时，我们家乡有种心态，觉得哪怕去香港端盘子或做最底层的工作，也比在家乡强，姑父家便是这种心态，所以让三个儿子去香港发展。

二表哥人长得帅，性格温和，来港后打了好几份工，后来靠辛勤努力进了交通部门，有了一份稳定的工作。他回老家娶亲，听说当时很多姑娘争相来结亲,最后,他娶了非常漂亮温柔的二表嫂,并让她申请去香港。二表嫂去香港后,家庭和睦美满,生了三个孩子,孩子们乖巧懂事,如今已长大成人,学业有成,都拥有非常不错的工作。二表哥夫妻周末经常来我家做客聊天,我很喜欢这对高颜值又脚踏实地的表哥表嫂。

三表哥去香港时还是初中生,学习成绩中等偏上,预科毕业后做文职工作,后来又开始创业,一直发展平稳,虽至今未娶,但生活稳定。

最令姑父姑妈操心的,是最小的表哥。

小表哥书一直念得不好,上了初中便辍学了。姑父为了让他有好前程,让他申请去香港。但小表哥到港后,生活懒散,不好好找工作,更不幸在一场意外中去世。

这个小表哥小时候机灵可爱调皮,我们过年在老家相聚时,他贪玩,抓住我们单车后座,时不时故意晃一下,我们被吓得又喊又笑。想不到他会这么早走,不禁令人惋惜和怀念。

留守在姑父姑妈身边的两个儿子,是大表哥和四表哥。四表哥性格平淡,成家后一直和姑父姑妈同住。

大表哥传承姑父的精神和能力,在县城工作,平时也帮家里打理生意,大表嫂美丽、热情、伶俐,他们育有三个儿女,一家人幸福美满。

有时,我在想,几个表哥如果没来香港,特别是小表哥,又会是哪种不同的命运呢,是否一切都会不一样?但命运没有如果,一个肯拼搏奋斗的人,在哪里都能吃苦向上。命运,最终还是掌握在自己的手里。

03

晚年,姑妈成为一个虔诚的佛教徒,做善事,参与寺庙的筹建工作。姑父退休后,继续活跃在各行业,他兴办工厂,开旅社,事业蒸蒸向上。

我和姑妈虽做不成"母女",但我们因所嫁之人,亲上加亲,成了宗亲。

姑父和我先生都姓黄,属同宗脉,是江夏黄氏同一分支。姑父退休后,便致力于兴建黄氏宗亲祠堂,姑父任会长,而我家公也挂名为副会长。姑父是主要筹办奔走之人,编族谱,追根溯源,花了好几年,黄氏祠堂宗庙终于竣工,吸引了海内外同一黄氏支脉争相朝拜。每年的朝拜日,更是县城盛典,因为从各地来的人都很多,接近县城的高速公路总会塞车。

姑妈在八十多岁时无疾而终,姑父为她举行了盛大的出殡典礼,并为她精心做了一座雕像,以表思念。

愿姑妈在天之灵,宁静圆满。

最后,我想到一件发生在我父亲兄弟和这位姐姐之间的趣事。

有一年,我爸、二伯父和小叔几家人回来过年,那时,家族已经有汽车,可以从香港自驾到内地通关。

过完年,本来爸爸、二伯父他们已经在回香港的路上,大家聊天时,因为道听途说,对姑父产生了误会,爸爸他们觉得自己姐姐受欺负了,一股姐弟情在心中激荡起来,大家一致决定回来找姑父"算帐"。

于是开至半路的车调头回来,一队人马浩浩荡荡来到姑妈家,气势拉得很满,颇有兴师问罪之感,最后才知道原来是一场误会。

因为这事,大家有一段时间和姑父相见很尴尬,好在姑父并没计较,不久大家便和好如初了。我妈后来回家乡办工厂,也是因为有这些亲戚们的互相帮助,才顺利不少。

经过岁月洗礼,这事已变成一桩趣闻,被大家添油加醋拿来当笑谈。不知我姑妈,会不会偶尔回忆起这事,被这姐弟情深的特别方式温暖到呢?

那些遗憾的事

01

移居香港，几家欢喜几家愁，很多家庭通过奋斗，抓住机遇，物质生活得到跃升，但伴随而来的是价值观、生活观和人生观的改变，有的家庭因此分道扬镳，各自安好。

移居香港带来机会的同时，也会有很多遗憾的事发生。

记得小时候，我父亲和二伯父热热闹闹地回来过年，同乡有一个妇女，会领着小孩来家里，小心翼翼地问："孩子他爸呢，怎么样了？"

每到这时，我爸爸都会安慰这位妇女说："人平安，勿念。"但言语之中又是支支吾吾，似乎话中有话。

后来我从父亲那里得知，这位妇女的先生比我二伯父晚几年去香港，因为到港后一直发展不顺，开始时是觉得无颜回家，后来生活好些了，又在香港另娶他人，之后倒有回来把大儿子带到香港，但这位留守家乡的妻子一辈子守活寡，最后抑郁而终。

我至今没弄清楚，她知道自己先生已经另娶妻室了吗？还是默许的……我当时年纪小，无从得知，但大家谈论起来也不怎么批判，似乎这是见怪不怪的事。

听说，这种事很多，有些女人就这样在老家过了一辈子，有的丈夫会回来几次，有的则音讯全无。

02

幸运的是，这种事情在我的家族从未出现过。

但我小叔的经历，也是很多移居者所遇到过的。

小叔未去香港前便有点吊儿郎当，他经常逗我们玩，故意把我们放在二楼天台的栏杆上，假装要把我们扔下去，吓得我们哇哇大哭。

小叔去香港时已经快三十了，没多久他就回来娶亲。

当时我的小婶可是百里挑一的姑娘。小婶家在县城，长得很漂亮，有文化，父母亲在县城担任要职，听说家教甚严，每星期会举行一次家庭会议。

由于我的家族也是名声在外，小婶的父亲又是我姑父的亲戚，便有人牵线说媒。

结婚后，小婶秉着嫁鸡随鸡的观念，哪怕小叔人在香港，她还是从县城搬到乡下我们的大房子里面住，同时也在申请去香港。

功夫不负有心人，几年后，小婶和出生没多久的女儿移居香港，终于和小叔团聚。到港后，又生下了一个儿子，就是我最小的表弟。

刚到香港时，小叔在二伯父公司工作，没过多久，因受不了约束和二伯父严厉的作风，便自己出来找工作。但由于文化程度不高，刚开始只能做一些比较累的活，不久后考取了装修执照，并分派到政府的公屋，工作和生活都安定了下来。小婶来港后，因为长得好看又有文化，不多久便担任了茶楼领班。

但好景不长，两人开始有意见分歧，不断吵架。最终，在各方调解无效的情况下，两人离婚了。

离婚后，小婶移民澳大利亚去找她妹妹，两个孩子的抚养权给了小叔。虽然我爸每次说起此事，都对小婶颇有微词，但小婶也不是那种放任孩子不管的人。两个孩子都长大成才，表妹当了护士；表弟一直是个学霸，考上香港大学，毕业后和朋友开补习学校，一直自力更生，后来赴英读研读博，和志同道合的同学结婚，如今在日本东京大学任教，是家族里学历最高的孩子。

后来，小叔找到了自己的另一半。我妈有一次在老家遇到去拜佛的前小婶，她去拜佛，两人寒暄了几句，我妈说前小婶风韵不减当年。

真感叹啊，香港让很多人改变了命运，有了不一样的人生，但无常也是人生的色彩，幸福与否，遗憾与否，就冷暖自知了。

03

父辈的故事里，还得讲下我外公弟弟的故事。

我外公有三兄弟，最小的弟弟年少时便前往香港了，比我二伯父还早几年。

但这位叔公和我二伯父不一样,他去了香港后,有很长时间都没音讯。20世纪80年代曾寄过衣物用品回来,但也很少与我外公这些亲人联系。

直至我母亲移居香港,才了解到她这位叔叔的情况。

叔公有四个儿女,平时靠"走鬼"(流动地摊)为生,生活虽比较艰辛,但也勉强可以养家糊口。

叔公中年出轨了别的女子,导致他几个孩子视他如陌生人,完全不尊重他,也不理会他。

叔公后来患肺气肿,不能干重活,走两步都会喘。

由于子女不愿理会他,在我爸妈的帮助下,叔公晚年便经常回老家住在我外公家,也可以借此逃避家庭烦恼纠纷。我记得叔公住在外公家里的情形,他看起来比较虚弱,但每天依旧保持衣着整洁干净,头发梳得整整齐齐。他有时一住几个月不回香港,这样拖了几年,直到去世。他的大儿子甚至不肯参加他的葬礼,不知道叔公有没有对自己的过往后悔过?

香港,遍地是机遇,在这片土地上,很多人只要奋发图强,便能丰衣足食。但在一定的文化历史背景下,也有其糟粕的地方,各种不一样的观念影响着定居者的思维,有圆满也有遗憾。

也可能正是这种多元化思想的演变,令这片土地上的人们更具有包容和豁达的精神吧。

狮子山下

香港的狮子山是香港人奋斗精神的象征。

狮子山的狮头面向九龙西边,狮身连尾巴完整地伏在山上。这座山见证了香港的历史变迁,目睹了香港的经济腾飞。

香港有一首非常经典的歌曲,叫作《狮子山下》,歌词写"人生中有欢喜,难免亦常有泪……在狮子山下相遇上,总算是欢笑多于唏嘘。人生不免崎岖,难以绝无挂虑。既是同舟在狮子山下且共济,抛弃区分求共对。放开彼此心中矛盾,理想一起去追……"

这首歌曲引起很多人共鸣,在香港家喻户晓。因为疫情,香港群星更将歌词稍改,以激励港人同心抗疫,发挥坚韧团结的狮子山精神。

01

记得几年前,在香港的酒楼,我陪父亲和几个世叔世伯喝下午茶。每年年底,他们都会聚一聚,聚完,有的会回老家过年,有的留

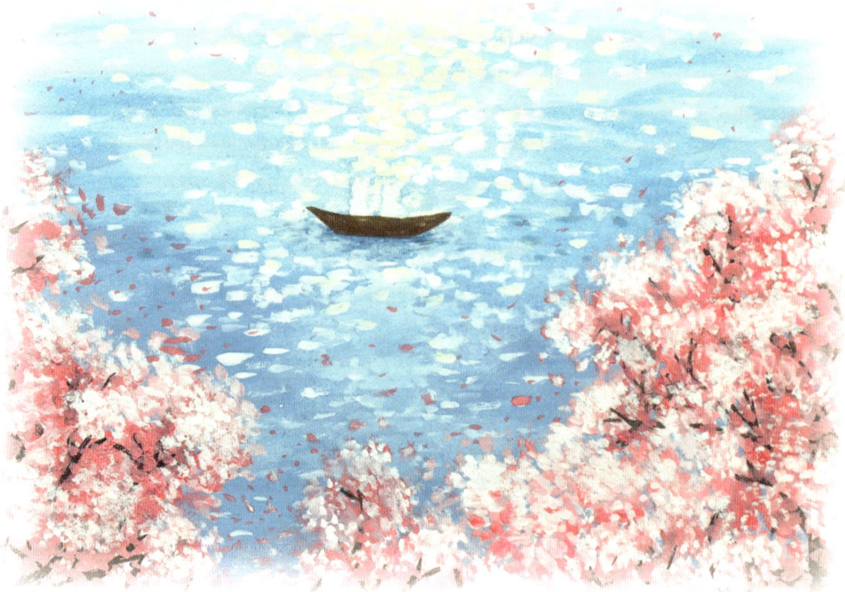

在香港过年。

一起喝茶的有城伯、泉叔等,他们在20世纪中期先后移居来香港。

茶桌上摆着他们随手买来的报纸或杂志,大家有的谈赛马,有的谈前几天的趣闻,谈笑风生,互相调侃,没有沧桑,更见不到一丝对生活的抱怨。

父辈们奋斗史中的酸甜苦辣,只有岁月才是真正的见证者。

城伯,在父辈圈子里年纪最大,也是德高望重的人。

城伯在20世纪50年代初便已来港,比其他人早好些年。初来香港的城伯,生活非常艰辛,但比起在家乡的贫穷,香港还是充满了希望。

城伯打过很多份工,什么辛苦的活都干过,当时的目标就是要寄钱给家乡的亲人。

熬过基本的生存时期,城伯有了小积蓄,并开始寻找机会。后来看中了制衣行业,开始从底层做起,采购材料、跑业务什么都做,最后自己创业,赶上改革开放,往返香港和内地,开办工厂,财富开始翻倍增长。

城伯经过奋斗,生活终于富裕起来,如今住在高级住宅区。他的几个儿女也长大成才,有的接手他的事业,有的成为医生,城伯也已退居二线,含饴弄孙。

城伯的成功与时代的发展、改革开放的好时机有关系,但更重要的是他吃苦耐劳的精神和勇于尝试的魄力,他脚踏实地耕耘,靠着自己的努力,奋斗出一片天地。

他是我们家乡最早来香港的一代人,也影响和帮助了很多家乡来港的晚辈们。在席喝茶的父辈们，就有很多受过城伯的照顾，才免于流落街头，风餐露宿。

我问城伯："当年是不是雄心壮志，一定要出人头地？"城伯说："出人头地肯定是想的，但当初最想的就是能多赚点钱，让家里宽裕些。"

稍后，城伯说："只要认真努力做事，机会就会降临。"

02

一起喝茶的泉叔，是 20 世纪 80 年代初移居到香港的，年纪和我爸爸相仿。

和我爸一样，泉叔也是自己先来港。泉叔来港后，起早贪黑。他说，当时看到每月的工资是之前在内地几年才能赚到的，巴不得不睡觉，多赚些。

过了几年，泉叔的太太和孩子也申请到香港定居，一家人才团聚。

泉叔太太没什么特长，便去酒楼打工，从最初的服务员到如今的酒楼领班。泉叔开过大排档，但因经营不善，最后开不下去，随后便一直做装修至今。如今自己做师傅，带着几个徒弟承包一些小工程，时间比较灵活。

泉叔一家住在公屋里，面积虽很小，但其乐融融。

泉叔还告诉大家一个好消息，他儿子刚考上政府的一个岗位。大家纷纷祝贺他。

如今泉叔家庭和睦，儿女已长大成人，这几十年的生活，肯定很辛苦，但却看不到他有一丝不满，反而神采奕奕，妙语连珠。

泉叔没有太多的人生感悟，也没有豪言壮语，只是勤勤恳恳工作，不用工作的时间便开开心心享受当下。

03

听着桌上这些令人尊敬的前辈的言谈，我看着爸爸，想到父母亲来香港后的艰辛，他们一定也吃过很多苦。我们这一辈的丰衣足食都是靠他们的辛勤得来的，而我从没听过他们的一丝抱怨和对我们的要求，似乎不知不觉中，我们也学习了父辈们的精神，认真对待生活，认真负责地对待每一件小事。

平凡、乐观、爱家庭、勤劳是我看到的很多父辈的可贵品质。

我不禁想起汪国真的那首《热爱生命》：

我不去想是否能够成功
既然选择了远方
便只顾风雨兼程
……
我不去想未来是平坦还是泥泞

大团圆

只要热爱生命
一切,都在意料之中

是的,既然选择了远方,便只顾风雨兼程,全力以赴,无问西东。这也是狮子山的精神,是狮子山下人们的真实写照和心声。

相望

随心随意,
大道至简,
便是幸福。

我的外公外婆

外公在几年前先外婆走了,寿终正寝,享年 92 岁。

那天晚上 12 点,妈妈从老家打电话过来,说外婆走了。我抓着电话大哭。妈妈一直安慰我,说:"别伤心,外婆走得很安详,没痛苦。外婆 90 多岁了,是喜丧。"

当时我和弟弟都在香港,未能去送外婆最后一程,成为我们最大的遗憾。

一直想写我的外公外婆,却不知如何落笔。我怕写得不好,有负外公外婆那平凡、宁静的生活。

01

我从小学至大学前都是和外公外婆一起生活的。

我和大弟还没上一年级时,便被妈妈送来住在中学里的外公外婆那里,作为我们在妈妈去香港前的适应期。

外公是中学的教导主任,写得一手漂亮的隶书,学校的试卷大部分由他手写、雕刻，再一张张手工印刷给学生做。

外婆本也是老师，但早早就退休了。我们刚来时，外婆就在家，不用去教书了。

外公外婆生了五个女儿。我妈是老大，二姨当时也已出嫁，还有其他三个阿姨在外公外婆身边念书，最小的阿姨才大我五岁。

外公外婆一生没有大起大落，每日遵循规律的作息时间，病痛也远远地绕道而行，没来打扰他们。外公外婆的一辈子，完全符合世人的期望，那就是好人一生平安。

02

我在这所叫华湖的中学生活了5年，直到外公调到县城的电视大学工作。

记忆中，在华湖中学住的那几年，简直就像生活在世外桃源。如果问我，成长中最滋养我生命的是什么时候，可以说就是那几年的时光，那可是梦幻般的日子啊！

华湖中学的建筑是一排排铺开的平房，每一排大约有六间房子，分为老师的住所和教室两个区。每户人家有两至三间房，一个厨房。住首尾的人家可以在房子后面加个厕所，这种房子一般是校领导住，外公算其中一个。

外公家的房子前面是绿化地带，外公就在房前用雪梅围了一个圆圆的花圃，茂密的雪梅被外公定期修剪得平平整整的，刚好当篱笆用。

花圃里是外公精心培养的盆栽，有玫瑰、芍药和不同颜色的大菊花等。外公用砖头在花圃的正中间砌了三级台阶，把花错落有致地放在台阶上。外公还在一旁种了几盆葱和蒜，还有一盆九层塔。我经常是那个"临危受命"，匆匆跑来采摘一根葱给外婆的速递员。

外公每天早晚两次，定点给花圃浇水。我蹲在一边问这问那，外公一边忙活一边回答我。

我最喜欢每天的黄昏时刻。下课后，外公和小姨们去种菜，除了下雨，否则从不停歇。

穿过学校的后门，便是一片开阔的小山坡，不远处还有一个小水库。

华湖中学的老师们在这里都拥有一两块地，种各种时蔬，自给自足。

小姨们轮流去挑水，外公翻土、除草，这时候，越来越多的老师们也来给菜浇水，大家边劳动边寒暄起来。

远处的山边，夕阳正在落下，晚霞染红了天际，橙色的落日、绿色的菜、湖蓝的水，好一幅美丽的画作。多年后，我考上美院的创作正是用了这个意境。

03

劳作后，我们踩着夕阳的尾巴回家。这时外婆已做好饭，一家人围坐在一起吃饭。

吃了晚饭，天色还早，音乐会时间到了。

外公家右边有一棵大树，树下便是音乐会固定场所。

外公和几个同事搬几张凳子出来，外公拿着二胡，有的老师拿口琴，有的拿手风琴，在树底下合奏起乐曲。我们一群孩子，小女孩居多，围了过来，跟着旋律，唱起了《小草》《大海啊故乡》等歌曲。

嘹亮的歌声越过天空，迎接夜色的到来。

这是我参加的最早的音乐会，也是最动听的音乐会，虽然当时没有这个感觉。

这样的时光安宁而美好，时间似乎只是个摆设。

如今想起，我的心底泛起对那段时光深深的怀念。

04

开罢音乐会，天也黑了，看电视的时间到了。

在我爸妈还没给外公外婆买电视之前，全华湖中学只有一台黑白的旧电视机。这台电视放在一间空房里，一到晚上就挤了很多人来看。

但这台黑白电视经常接收不到信号，播着播着，就忽然跳出一片跳动的雪花点，沙沙作响。

这时，一个重要人物出现了，这个人就是我的外婆。

是的，全中学只有我外婆能应对这台电视机。只见外婆过去拍一拍，拧一拧，如再没画面就唤另一人去把外面的天线杆微调一下，两人通力合作，鼓捣一阵，电视又好了。

这是我外婆留给我记忆最深刻的画面之一，记得那时候，我可自豪了。

外婆个子很高，额头饱满，脸型圆润，年轻时是学校的篮球队员。听外婆讲，她们当时穿着短裤打球，打完了便去海边游泳，很前卫摩登。

外婆一直很注重自己的外貌衣着，穿着非常整洁得体。到了晚年，一头齐耳的、白得非常好看的头发往后梳，带点自然卷，朋友来了都说她有福相。

我印象中的外婆从不抵触任何新电器，她不像很多老太太那样不会弄那些机器。当时很多人将家里的洗衣机束之高阁，宁愿手洗。但我外婆不一样，她喜欢用一切新的东西，比如电饭煲、彩色电视机、洗衣机，她都能很快上手并物尽其用。

用今天的眼光来看，她应该是个爱运动的优秀理科生，而我外公喜欢养花、看书、写毛笔字和拉二胡，应该算是一个文艺青年。

外婆似乎不喜欢阅读，我没见她看过一本书，我外公的艺术特质似乎一点也没影响到她。只有在新年时，外婆才会对外公写的对联多看几眼。

一文一理的两个人，磨炼出一套非常合拍的生活节奏，并相濡以沫地过了一辈子。

05

外公外婆的生活默契且有规律。

早上，外婆起来做早餐，小姨长大后也经常帮忙，外公也早早起床，雷打不动地为全家人每人准备一碗淡盐水。我们喝完后，才开始吃早餐。

中午吃过饭要午睡一个小时左右。我们搬到县城后，买东西方便多了，周末增加了一个下午茶点，就是午睡后一家人吃点心。

买茶点这个任务由我小姨负责。小姨交际能力特强，身边有几个闺蜜，几乎天天往我们家跑，甚至经常在我家里过夜，混久了如一家人一样。买点心这个任务便由小姨和她的几个闺蜜承包。每天都有不同的品种，有时是热乎乎的包子，有时是绿豆饼，外公负责冲工夫茶，大家一边聊天一边吃。

每年到荔枝当季，外公外婆都会买来一大筐。当时没冰箱，他们便将荔枝分袋放进米缸里，每日晚餐过后，便是全家吃荔枝的时间。吃完再喝些盐水，这样才不会上火。

这些习惯年复一年却又如一日，直到几个小姨都成家。

在我印象中，外公外婆似乎没说过一句大道理，也没有什么金句，

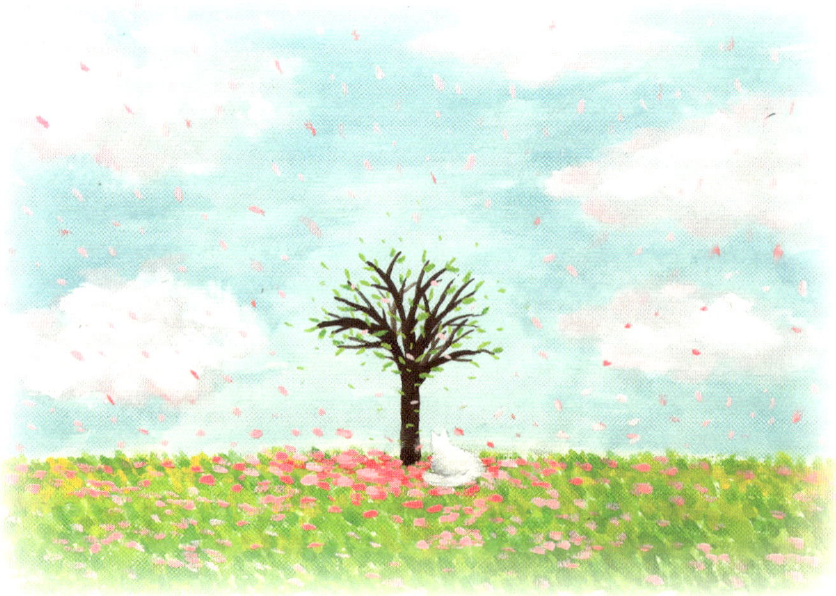

他们对小姨或我们孙辈，从没有什么大希冀和期盼，从不催我们做功课，但我们好像已经理所当然地养成了什么时间干什么事的习惯。

他们从不责骂人，互相之间也从没红过脸。他们喜欢琢磨饮食，精心烹饪，时不时研究一个甜品出来，全家围在一起，乐呵呵地吃着。

06

外公外婆的遗憾是没生个男孩。

估计在他们生五个女儿的那段时期，应该是一次次失望的，要不也不会连生五个。

这个遗憾一直到我妈给他们建了房子才释怀。

我妈到香港没几年，便积攒了一笔钱，她毫不犹豫地在县城买了一块地皮，建了一栋三层楼的房子给外公外婆住。

那时候，外公调至县城的电视大学任副校长，教职员都住在学校配套的宿舍里，只有我外公，拥有自己独立的房子。

从此，便听见外公感叹："生男生女都一样，现在哪个有我这么风光？"

加上几个小姨虽嫁人了，但都在县城不同学校当老师，时间比较自由，她们几乎每天下课后都回娘家小聚一会。家里天天都很热闹，有重活了，几个女婿都抢着干，外公外婆更是开心。

外公在新房子里更喜欢种花了，印象最深刻的是他种了一株很大的昙花,有一天,我们爷孙俩相约半夜去看花开,挨到午夜十二点,终于见到花开的瞬间,我高兴得手舞足蹈。第二天一早,外公将昙花摘下来,加水加糖熬给我们吃,说是有润肺美容的功效。

我后来想起这事,觉得我外公无意间干了一件非常有哲理的事,那就是,把短暂一现的昙花变为对身体有益的糖水,等于赋予昙花永恒的生命意义。

可惜,这时外公已经走了,我都来不及和他聊聊这个话题。

<h2 style="text-align:center">07</h2>

慢慢地,外公到了退休的年龄,我们也已长大,感觉外公外婆这时才变成了真正的老人。

他们开始帮小姨们带幼小的孩子。这时我妈也回家乡开办工厂,外公又忙碌起来,每天早上去厂里转一圈,中午回家吃饭、午休,下午起来写写毛笔字,拉拉二胡。

妈妈虽请了阿姨,但外婆也照样操心着一日三餐,忙里忙外。外婆爱好不多,晚年除了雷打不动打八段锦,听潮剧也成为她的新消遣。

外公外婆的晚年生活是幸福知足的。

外公三兄弟,小弟从小去香港,晚年生活不甚如意,经常回外公家调理,外公也是细心照顾,后来小弟先走了。外公的二弟婚姻不如意，中年离婚，晚年独居，形单影只。而外公，年轻时没儿子的遗憾，已经因为女儿们的孝顺烟消云散。

以世俗眼光来看，外公的人生是圆满的，我想，他自己也是满足的。

外婆兄弟姐妹众多，至晚年，一个个离她而去，连她最亲近的妹妹也先她而走，外婆承受一次次离别打击，但身边有女儿们嘘寒问暖，子孙绕膝，外婆也应该走得无憾。

好雨知时节，当春乃发生。
随风潜入夜，润物细无声。

这是我外公外婆一生为人的写照，他们从不刻意追求什么，顺应生活，顺应人事，用心过日子，用实际行动潜移默化地影响我们后辈，教会我们，什么叫平平淡淡才是真。

他们一辈子普通、平凡、勤恳努力地生活，尽心尽力过好自己的每一天，在我眼里，这比任何东西都伟大。

老友德玄师太

2019 年，我收到 RS 发给我的信息，说她回韩国了，在济州岛一个观音庙里工作。我和先生商量后，决定去和她过个年。

我们一家四口在大年初一去了济州岛，RS 开着车来接我们，带我们参观了岛上美丽的风光。

RS 一如既往的平静、平和，除了她剃掉头发的发型，我们完全忽略了她出家的事，我吐槽我的烦恼，她讲她的日常，我们时不时地大笑。

好像一直以来，我们就是这样相处的，从没改变过。

但她一路的历程，足以让我用心惊胆战来形容，这要从几年前说起。

01

有一天，我收到一封邮件，是老友 RS 寄来的，邮件只有一行字：娜娜，我出家了。

邮件是用英文写的,我反复翻译,以为是我搞错了。

但没有,老友RS是真的出家了。

试想一下,你的好友如果突然告诉你,她出家了,你会很震惊吧。我当时也一样。

震惊,不可思议,一直以为离我们很远的另一种生活,忽然离自己很近。

更何况,当时她正和她的加拿大男友在世界各地旅游。

邮件是从阿根廷发来的,在旅程的半途。

我马上想到她是不是得了绝症?

要不就是失恋了,一时冲动?

我急死了,有很多的疑问,没有她电话,我着急地在邮件里问:为什么,为什么?

好像这样她就不会出家了。

02

RS是韩国人,我大学时的同窗好友,她是来中国留学,学中国画的。

她高高的个子,有一张鹅蛋脸、一双细细的眉和一张樱桃小嘴,还有点婴儿肥。

刚来中国时,她的普通话不好,比较少说话,我们经常逗她,有时还用方言考她。她语言天赋好,很快就学会了生活中常用的口语,很短时间就和大家打成一片,也能听懂一些方言,比如广东话。

留学生住在学校的留学生楼里,每人一间房,有空调。她把房间布置得很温馨,摆着一些小玩意,处处透出她可爱的少女心。我经常跑去她房间,听听音乐,跟她学做泡菜,学化妆。

我们跟她学韩语,学会叫哥哥欧巴,叫姐姐欧尼,她说韩国人敬酒时要双手一起敬,晚辈在长辈面前喝酒要别过头去。

暑假,她没有回国,跟我回家,她到哪里都能适应,也不挑剔,说话不急不慢,做事很从容,我家人都很喜欢她,还说她有观音相,似乎有某种暗示一样。

大三时她交了一个男朋友,长得高大帅气,那是我印象中她最开心的一段日子。那段时间,感觉她整个人焕发出一种从未有过的活力和青春气息。看得出来,她很爱这位男朋友。

03

转眼我们大学毕业了,我回香港工作,RS 则留在学校读研究生,念了工艺系的陶艺专业。

我有时回广州去看她,她在课室里做陶瓷。美院的下午静谧,课室里摆着大大小小的陶坯,我看她拉坯,坯盘不停地转动,她沾满陶土的手轻轻扶着陶坯,陶坯一会就变成了一个花瓶的形状,随着她的手轻轻调整，瓶口一时变大一时变小。

我觉得陶艺很适合她，她做出来的作品总有一种轻轻淡淡的味道，一如她本人。

本以为她会一直这样念书，但好景不长，全球金融风暴也影响了她的爸爸，她的爸爸破产了，给她来了电话，说没太多钱供她和妹妹同时读书了，两人只能选一个继续读。

她是姐姐，她选择了让妹妹继续念书，因为她妹妹在韩国念的是牙医，相比之下，妹妹的专业更务实，也更有前途。

她的恋情也因为她回国而结束了。

我没看到她悲伤，也没看到她流眼泪，她总是很淡然，甚至让我怀疑这些事是不是发生在她身上。

她平静地退了学，打包好行李，带着一部分陶瓷作品，打算回国。

陶瓷作品太重又易碎，无法带回，一个香港的朋友建议她在黄金海岸那里摆摊卖了。黄金海岸周末有很多艺术家在那里表演和卖艺术作品。我们在黄金海岸租了一个摊位，周末就去卖陶瓷。

黄金海岸的环境很美，特别是黄昏时。港口停泊着很多私人游艇，坐在露天的咖啡店里喝咖啡，周边许多觅食的小鸟会过来围着。本是很休闲惬意的事，可惜 RS 要回国了，我们没有享受美景的心情。

因很多人喜欢，她的作品只两个周末就卖完了。

那些天我们朝夕相处，也不知往后还有没有这样的时光。

04

RS 回国之前，我们约定，无论谁结婚，另一个再忙都一定要来参加对方的婚礼。

结果，她遵守了约定。我结婚时，她放下工作，飞过来参加了我的婚礼。

这时的她，变得更有女人味了。韩国的女孩本来就很会打扮，她化着自然的淡妆，眉毛一如既往地修得一丝不苟、浓淡相宜，穿着黑色呢子大衣、高跟鞋，没有了婴儿肥，身材高挑适宜。

RS 当时是做贸易工作，因为她懂中文，有时需要中国、韩国两边跑，老板很赏识她。

婚礼忙碌，我们顾不上多聊，她第二天又匆匆地赶了回去。

她临走时我对她说，你也快结婚吧，我要等你结婚时去韩国参加你的婚礼，再顺便好好地在韩国玩玩，反正有你在。

而如今我已等不到这个时刻，她居然出家了。

这回真的玩得有点过火了，老友。

05

一段时间后，我慢慢地接受了 RS 出家的事实。不对，如今她不叫 RS 了，她的法号是德玄师太。

她出家后也没空闲下来，早起打坐、干活。一段时间后她去了佛学院继续深修，居然把英语学得很好，真是有语言天赋的人。假期时，她会给在美国的韩国寺庙写信，申请去美国的寺庙小住一段时间，或者去缅甸等国修行。

出家之后，RS来过两次广州。

第一次，她和她的师父师姐们一起，是来广州的韩国寺庙交流的。我这时才知道，原来寺庙就像各国的大使馆一样，在每个地方都有各国的寺庙，大使馆帮人们在异国处理各类事情，而寺庙能慰藉在异地的本国人的心灵。

我先生去接的机，我的心跳加快，不知见到RS的情景会是怎样的，我要说什么好呢？我会哭吗，我为什么会哭呢？我真不知如何面对她的改变，心中又期待又不安。

先生送她和其他人去酒店安顿好后，接她来我家，我终于看到RS了！

可能是她的笑容与平和的情绪影响了我，我见到她那一瞬间也一下没有了顾虑。她剃掉了头发，素颜，穿着僧袍，样子没怎么变。

我居然赞叹起韩国人的精致来，连僧袍都做得这么好看。不同的浅灰色相配搭，里外一层层很讲究地搭配着，棉麻的料子，也不会起皱，清清爽爽的样子。

我让孩子叫她RS阿姨，想想不对，出家人可以叫阿姨吗？问她，她说都可以的，也可以叫她德玄师太。我改不过口，至今还是RS、RS地叫她。

孩子们闹腾着，好不容易才去睡觉。RS第一次来我们这个新家，走走看看，等我安顿好孩子后，我们才有时间聊天。

哄完孩子的我甚至开始羡慕她的清净。

我们天南地北地聊，聊她的出家历程，聊大学班里的同学现在都怎样了，聊阿猫阿狗的事……聊得渴了，边喝啤酒边从沙发滑到地上，席地而坐，一直聊到快天亮。

我问她，为什么要出家。

她说她当时工作之余，还去学了拉丁舞，在学舞期间遇到了加拿大的男朋友，两个人决定去环游世界。途中，她和男朋友因为性格不合分手了。她去了在阿根廷的姨妈家，碰到了在阿根廷的韩国寺庙，经过一段时间和庙里师太的接触和了解后，她才决定出家。并不是因为失恋的冲动，而是她觉得这条路很适合她，这种方式很适合她。

我终于理解她了，也知道了她出家不是一时的心血来潮。

其实一直以来，我都觉得她的心在漂泊着，如果佛能给她漂泊的心一种归属感，也不失为一件很好的事。

每个人所选择的路都不一样，无论选了哪一条路，最终我们都会殊途同归，又何必那么执着于一种方式呢？一瞬间，我放下了她出家这件事。

06

这次见面后，过了两年左右，她又来了一次广州。这次，她和一个师妹一起来，先去香港大屿山的大佛寺里住了几天才过来广州。她这次是来办理考佛寺研究生的资料，需要我们大学时的成绩证明。

大学同学都已接受了她出家的事实，同学们开了聚会欢迎她。除了发型和服装不一样，她还是大家心目中那个有点少女心的、可爱的RS同学。

我带她去逛广州的寺庙，她给我讲寺庙的由来，看到修心的佛书也不忘给我赠送两本。

我不由得感叹，大学的我们，可不会想到有一天会在寺庙边逛街呢，不过不管她是不是出家人，在我心里，她都是我的老友。

她回国后，却又改变了计划，暂时不考研究生，跑到澳大利亚的韩国寺庙去当主持了。

她发来了在澳大利亚寺庙的照片，整洁简单的房间放着公仔，还是那么的少女心。她发来的照片里还有她养的猫、她打坐的佛堂、她闲来时画的画作……而我有时走在下雨天的小路上，也会自拍一张照片传给她，告诉她这里下雨了。

时不时，我听到好听的音乐会发给她听，她听到好听的也会发来给我。

07

当她告诉我她从澳大利亚回国了，会在济州岛寺庙修行时，我和

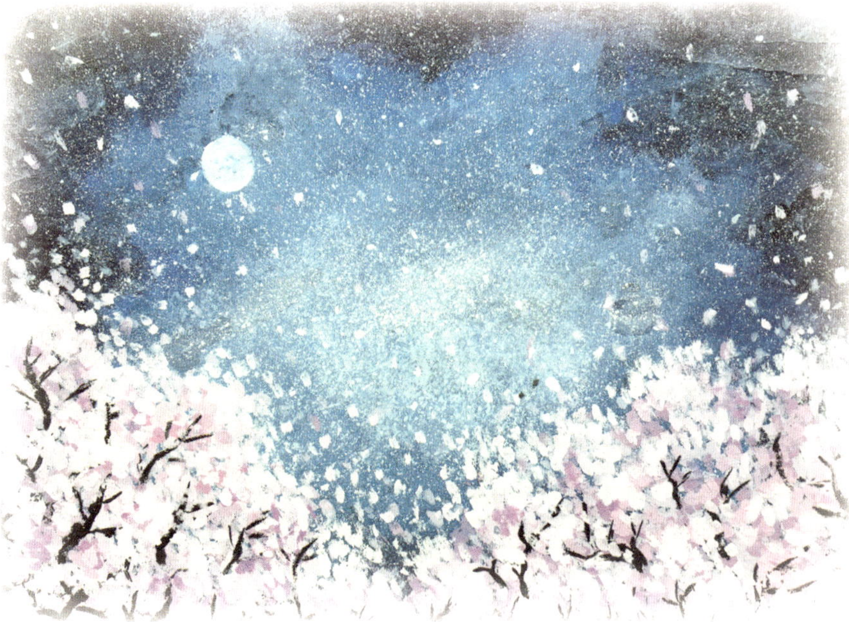

先生决定大年初一去和她一起过。因为离她最后一次来广州，我们有几年未见了，我不知道下一次，她会不会又突然告诉我她在哪一个地方，我们又不知多久后才能见面。

我们在济州岛度过了开心的几天，几乎每晚都促膝长谈，时间没有让我们的心有过隔阂。我们相约，等我们老了，一起到处去旅游，我吃我的肉，她吃她的素。

就这样子也挺好。

我想起了那句词：你若安好，便是晴天。

是的，你若安好，便是晴天。

我是"辣妈"

01

我是"辣妈",没错,我是一个超爱吃辣的妈妈。

无论哪种辣,湘菜的辣、川菜的辣、韩国泡菜的辣、泰国菜的辣……我都可以照单全收。

虽然我也爱吃其他的菜系,但能让我不管心情好不好都想吃的,就是辣的食物了。

前不久看过一篇文章,说一个人如果特别爱吃哪一样食物,一定是这种食物有某种令你难忘的经历。比如你想起妈妈了,你会突然特别想吃妈妈做的面条;你遇到了挫折,心里很害怕,很需要爱时,就会吃最熟悉的食物来填补内心的恐惧;你失恋了,就会通过吃当初两人在一起印象最深刻的食物来麻痹自己……

于是我思索自己为什么会那么喜欢吃辣,想来想去,虽觉得其中并没什么强烈的心理暗示,不过却唤起了那些久远的回忆。

我想起了尖椒炒田鸡。

记得大一暑假的时候,我们去湖南玩,住在一个同学家里,他家里日常备着满满一箩筐翠绿的辣椒,什么菜都放几个下去炒。

同学爸爸瘦瘦的,每天回家时都提着一网袋活的田鸡,准备做尖椒炒田鸡给我们吃。同学爸爸炒的田鸡新鲜又美味，如果不是不好意思，估计我们每人吃五碗饭都能吃得下。

整个湖南行程，我只记住了尖椒炒田鸡，其他的几乎全忘记了。

可是在我们快毕业的时候，这位同学的爸爸不幸因交通意外去世了。我听到这消息时，好震惊。他爸爸做尖椒炒田鸡的样子还历历在目，怎么人就不在了，人生太无常了！

尖椒炒田鸡的味道，对于我从此变得不朽。

02

泡菜是我的另一个最爱。

我念的是国画系，来我系留学的海外学生很多，班里有一位韩国留学生，和我最是要好，放暑假她没回国，我便带她回我家。她教我化妆、教我做寿司和泡菜。

我最爱吃她做的泡菜，辣椒粉是她妈妈从韩国寄过来的，她买来大白菜，洗干净，拿个大盆，把大白菜放进去，加上胡萝卜丝，一层层撒上红红的辣椒粉和其他调料。她做的泡菜咸淡酸辣适宜，好吃极了。

我也因为她而爱上了韩国料理。

怀女儿的头两个月，我什么东西都吃不下，只喜欢吃泡菜石锅饭。

如今泡菜是我家的家常菜，女儿在我的培养下也成为一个泡菜爱好者。

有时在想，什么是老友，老友就是不知不觉中影响你生活习惯的那个人。

其实读大学之前，我是完全不吃辣的，因为家里没有吃辣的习惯。

义无反顾地爱上吃辣，是读美院后，和各地来的同学混在一起玩久了，才开始喜欢吃辣的。

那时，我们经常三三两两地在外面吃夜宵，点几个辣菜，喝着冰镇啤酒，天南海北地聊天，甚是痛快。晚上宿舍定点关门，我们只顾高谈阔论，经常忘了时间，待记起时已经晚了，拼命赶回去，有时赶不及，便偷翻铁门过去。

感觉大学的生活就是在谈理想和吃吃喝喝中度过的。

记得最辣的一次是大三时，我们全班去四川乡下写生，经过重庆，我们寻得一家在家里开的小餐馆，吃麻辣火锅。简陋的小房间，中间放着一个用泥土围起来的炉子，上面放一口大锅，里面是一盆满是干辣椒的锅底，听说这一盆锅底是从早到晚一直用的，一拨人走后另一拨人接着吃，不用换锅底。我们想里面这么多辣椒，估计细菌都给辣没了，也就没多计较。

那是我吃过最辣的一次，吃完整个人晕晕的，走路轻飘飘的，以前知道有醉酒、醉茶，这次才知道原来还有醉辣的，总算是领教到了。

重庆这座山城，我匆匆经过，来不及细看，却因为吃了人生最辣的一餐而对这个城市记忆深刻。

还有同学们在一起写生、一起吃饭、一起打闹的美好时光。

03

毕业进入社会后，我们各自忙碌着经营生活、结婚生子、带娃。大学的日子已成为美好的回忆，青春不再了。

但喜欢吃辣的心从未改变过。

有一年生日，全家人陪我去海底捞吃火锅，我们点了鸳鸯锅，一边不辣一边辣，我一人吃辣的这一边。服务员问我要多辣，我说要最辣的锅底。服务员提醒我，会很辣很辣，我说就要这个。服务员上汤底后还很不放心地说："您如果觉得太辣，我可以捞掉一些花椒。"

怀着一种壮士的精神，我坚持没叫她。吃完，我感觉我的嘴巴不见了，因为我已经麻得没知觉了。

这次的辣可以媲美重庆那次，吃起来有种似曾相识的感觉。这样过一个放纵味蕾的生日，感觉真不错！

先生看我这样吃辣，取笑我应该嫁个湖南人或四川人。

完全忘了他当年可是扮作吃辣的资深人士追我的。

那时我大三，他已经在工作了，知道我喜欢吃辣，带我吃遍全城有名的川菜和湘菜馆，蚂蚁上树、水煮鱼、水煮牛肉、夫妻肺片、麻辣蟹、辣子鸡、口水鸡……

那段时光简直就是吃辣的鼎盛时期。

后来才知道，他并不怎么会吃辣，也不是很喜欢吃，只是因为我喜欢才陪着。

恋爱的滋味就是我喜欢和你一起吃你喜欢的食物。

自从先生露出庐山真面目后，加上孩子的相继出生，我家很少吃辣了。有时也叫一大盘劲辣小龙虾，基本是我吃，他就在旁边喝啤酒陪我。

　　原来老公就是虽然他不会吃辣，但他还是会在旁边看着我吃，以及嫌弃我吃相的人。

04

　　辣要多一点人一起吃才过瘾，好在还有臭味相投的老友们。

　　孩子上学时，我们经常约出来吃个午饭。

　　每次都约在那几家熟悉的川菜馆见面，固定点酸菜鱼和其他几个菜。

　　时间有限，没时间慢慢点菜，见面并不是全为了吃，是出来让自己透透气，当彼此的"垃圾桶"，聊聊生活中各种鸡毛蒜皮的事。聊完，辣也吃过了，才神清气爽地接小孩去，继续一地鸡毛的生活。

　　想想自己从上大学至今的时光，因为有这些可以一起辣个够的老友们，日子似乎也不赖。

　　如今，爱吃辣的女孩已变成了"辣妈"。如无意外，我们会在"辣"的世界里顽强地继续"辣"下去，直到变成一群"辣奶奶"。

　　想起一群老掉牙的老奶奶吃麻辣火锅的画面，真是不忍直视。

初春的阳光

儿子忽然说要吃泡面，我说："不可以。"

他闹了起来，"你不是说偶尔可以吃吗？我已经十年没有吃了！"

我想说你都还没到七岁好不好，想想没意义，不和他争辩。鉴于他平时谨慎的性格，我说："我刚看了一篇报道，说泡面是垃圾食品里排第一的，你敢吃吗？"

他犹豫了一下，下定决心说："我要吃！我就是要吃，天荒地老都要吃！"

这是什么用词，我忍住不笑。多说无用，凭我对他的了解，他是不达目的不罢休的，我有点累，不想和他在这个问题上纠缠，我说："你昨天刚吃了那么多热气的东西，你喉咙都有点沙哑了，要吃也没问题，生病自己负责，身体可是你自己的哦。"

本以为他会说好，谁知他叫起来："不行！不行！你要负责我的身体健康！"

"你自己要求吃不健康的食物，要别人负责你的身体健康，这合理吗？不吃了好不好，咱们吃其他健康的东西去。"

"不！我就是要吃！"他继续闹。

"那走啊,你已决定吃就去买吧。"我不禁提高了声音。

"不,你得先保证安全,你得负责我的健康。"他拉住我的手。

我弄清楚了,他很想吃泡面,但又担心不健康,而妈妈的话就像保证书一样,能让他安心地吃。

我好笑又好气,脑子里翻了一遍育儿宝典,思忖如何回答他。

这问题可大可小啊,往严重了来说,他这是推脱责任,迁就着他,以后他做不好的事,只要有人担保说不会有事,他就可以做啦?

这个后果太严重了,得进行一番教育才行。

刚要开口,感觉小人儿握住我的手,柔柔的、软软的,我的心也一软,他不过就想吃个泡面嘛,不就是因为妈妈是他最信任的人嘛,有那么严重吗,是不是我联想太多了。

一转念,便脱口而出:"走,儿子,买面去,偶尔吃没事,妈妈也爱吃呢。"

他雀跃起来。

我拉着暖暖的小手,欢天喜地出门去,不知是对是错,这是溺爱吗,这会教坏他吗?我的心一上一下。

我俩还是高高兴兴地买了泡面回来,我找出两个漂亮的大碗,泡好面,和儿子坐在阳台的户外桌椅上吃。

儿子开心极了,说:"妈妈,我一会要喝些酸奶,还要多喝水,这样就不会上火了。"

我本想和他说说身体、健康、责任等话题,但没说出口。

忽然觉得有时候不必太执着于一件事的对错,就像看电影吃爆米花，冬天吃雪糕，下雨天踩水，在安全范围内，让自己撒撒欢，放纵一下，还别有一番滋味呢。

不知从什么时候开始，我们受太多育儿和养生知识的约束，反而太容易焦虑，又把这种焦虑传递给孩子，就连吃个泡面，孩子都一再要我保证他的健康才能放心地吃。

这是个值得思考的问题，不过，这个问题暂且放到一边吧，此刻和儿子吃泡面最紧要。

初春的中午，阳光照在阳台上，兰花仰着头，小狗懒洋洋地趴在地上睡觉。

如此温暖的时光，还是把大道理放在心里，以后再讲吧。

一个周末

01

周六早晨一觉醒来,就听到客厅里电视嘈杂的声音,看了下时间,八点。出来一看,两个小屁孩正斜靠在沙发上看电视,一人一头,女儿枕着她的狗娃娃,儿子披着他心爱的小毯子,旁边放着一把玩具冲锋枪。见我出来,儿子拿起枪砰砰几下,表示早上好啊。

这是我家周末常见的打开方式。

周末我家一般最先起床的是孩子们。七点左右,两个小家伙就会爬起来看电视,和平时上学是完全相反的。上学时早晨起床拿铲子都铲不起来,而一到周末肯定是早早地爬起来的,按他们的话就是,周末怎么能虚度呢?这个所谓的不虚度,便是早起看动画片和玩游戏。

我问他们喝水了没,说喝过了,还喝了牛奶啦。

我开始准备早餐,煎鸡蛋、烤面包、煮麦片,又给先生煲白粥,炒两个菜,先生早餐只喜欢喝粥。

孩子们在催促下不情愿地关电视吃早餐,吃完早餐开始做作业。一般女儿的作业在周五放学后就做了一部分了,周六就不用做那么多,儿子是一点还没动的。

时间一晃,接近晌午时,先生登场了。

"哈喽。"这是先生周末起床后的招牌问候语。

我家黄先生,周六除非有朋友来电话催促他去喝早茶或有正事,如无意外,不到太阳晒屁股是不会起床的。

全家开始讨论今天的行程,大家七嘴八舌的,女儿说下午去野餐吧,儿子说不去,今天约了谁来家里玩。

这时,黄先生在中午时间慢吞吞地吃完他的早餐后,兴致勃勃地提议看一部电影,孩子们一下"耶"地欢呼起来,这是他们最爱的娱乐方式之一。

我反对,但反对无效,三人已开始选要放的片子。

我开启叨叨念模式:"人家的爸爸一早就带娃爬山去了,看看,还有去放风筝的,咱家的风筝再不用都快放坏了。好久没泡温泉了……"

大家沉浸于片子,根本没听到我说话。

孩子们一边看一边尖叫,捂着耳朵看,最后都紧紧挨到爸爸怀里了。看看,这就叫懒人收买人心法。

02

等看完片子,已经下午两点了。这时邻居的孩子们来家里玩,我叫了外卖给孩子们吃。黄先生又开始打呵欠,说他的午睡时间到了,我抓着他领口一阵摇晃,才避免了他这没完没了的犯困。

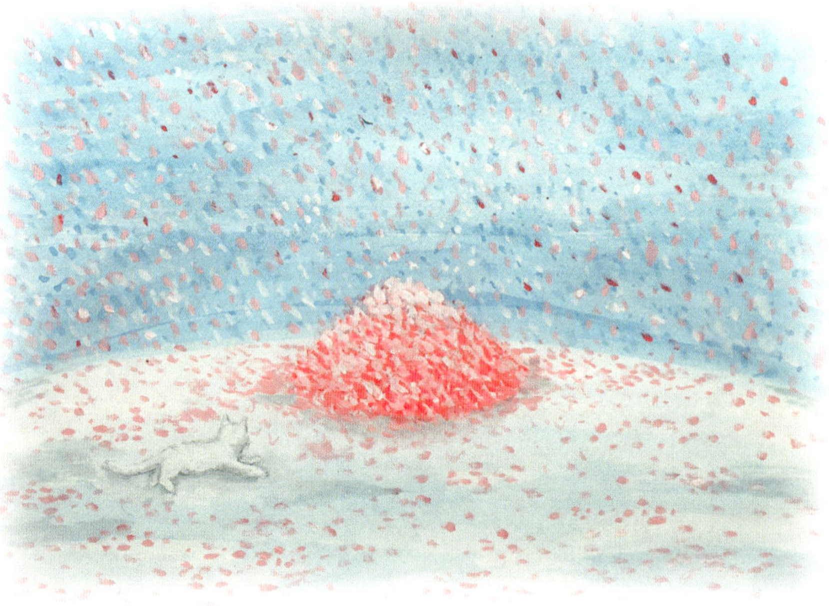

孩子们玩得不亦乐乎，把玩具区的玩具搬到客厅，又在过道里用沙发的抱枕堆起来当沙堡，沙堡上架着几把玩具冲锋枪，地道战拉开帷幕，女儿把所有的娃娃变成了后方的战争医疗队。尖叫声、笑声、追逐声，声声入耳。

到了傍晚，战争终于结束，留下一个没有硝烟，只有满地玩具的战场。这样的周六，在我家已经重复无数回了。

晚上，我刷了一下朋友圈，朋友圈里满满的都是既有活力又很正能量的信息，有带孩子去爬山的、去徒步的、去烧烤的、放风筝的，还有送孩子上补习班、自己在外面边等边喝咖啡的。

每到周末或小假期，我是不怎么敢刷朋友圈的，因为没有对比就没有伤害，我每刷一次，便会心虚一次，作为家长，我们多不称职啊，周末都是在磨磨蹭蹭和懒洋洋中度过的。

我家虽然长假时也经常带孩子们出去游玩，如果约上亲戚朋友一起还好，毕竟不太好意思耽误时间。如果是我家自己一家人出游，基本是午后才开始出酒店的，甚至一家人在酒店里待一整天不出去的情况也是有的。

更不用提平时的周末了，除非是有朋友提前邀约和规划好路线，否则我家是完全没计划的。

回趟老家，老妈打电话来问明天什么时候出门，我自信地答："明天早上九点出门！"然后第二天，我们下午两点出门，老妈居然夸我们说："难得这么早，有进步。"

好不容易磨蹭出门了，一般都是下午四点左右才到公园，公园的景色对我家来说，大都和夕阳连在一起，"夕阳无限好，只是近黄昏""大漠孤烟直，长河落日圆"之类的诗句孩子们最熟了。

为什么会这样，别人怎么能这么高效呢？有的家里也是两个孩子啊，还是比我家小的娃呢。

我刷了朋友圈后，下定决心，明天星期天，一定要好好行动起来才行，我欠朋友圈一次高效的亲子游。

03

我决心明天一定要在中午就出门去公园野餐，绝不能像往日一样，拖至黄昏才出门了。

第二天上午，我送女儿上拉丁舞课，儿子上跆拳道课，我趁这段时间，赶快回家准备食物。早上就煮了米饭，我又做了孩子们喜欢的寿司和三明治，收拾好野餐需要的垫子、便携式帐篷、水和零食，一切准备就绪。

叫黄先生起床，昨晚我已经对他连吓唬带威胁地表示我今日坚定的决心了，估计他也心虚，今天他很配合，起床去接孩子们回来。

过了一会，孩子们回来了，换好衣服，这时黄先生还想泡杯茶喝了再走，被我赶紧阻止了，一切准备妥当，终于可以出发啦。

一切在按原计划进行，中午就出发，对我家来说，可是一大进步，我家也是可以高效行动的哦。

从车库开车出来，忽然发现有点不妙，好像从上午开始，天就阴沉沉的，当时也没怎么留意，这时感觉风大了起来。我赶紧看手机，预报下午有雨，哎哟，这可怎么办，会不会是气象预报不准？怀着侥幸的心理，我们继续往前开。

到自然生态公园时，风开始大了起来，公园的树都张牙舞爪地对着我们狂挥，还伴有几滴豆大的雨滴，看样子，一场暴风雨即将来临。肯定没法野餐了，女儿很失望，我也很失望，我那周末的朋友圈哟，看来，我家又表现不了了。

但也没办法，全家只能打道回府。

一场难得高效出门的郊外之旅泡汤了。

雨开始大起来了，打在车上啪啪响，好在我们一直在车里没被淋到。回到家，已经快下午两点了，全家都很饿了，女儿提议在家里野餐，个个拍手称好。大家拿出准备好的东西，铺好垫子，摆好食物，还把帐篷打开了，坐在帐篷里，这才吃起来。

只见儿子拿手机播放音乐，拿起一本书看起来，身体还跟着音乐节奏摇摆，这时，女儿叫起来："波比，你的书拿反了！"我们一看，原来儿子把书倒过来看了，还装模作样地看那么认真，全家大笑起来。

这可是天意啊，算了，以后还是按照自家的节奏生活吧。任外面风雨交加，一家人就这样宅在家里，泡一壶热腾腾的茶，也不错。

父亲们的"假想敌"

01

女儿在幼儿园大班的时候,收到过一封情书。

是一张对折的纸,里面画着一个男孩和一个女孩手拉手,女孩穿着婚纱,图画旁边歪歪斜斜地写着:"僖僖,我能和你结婚吗?"

我家先生如临大敌,然后他看这个男孩的眼光也变得刻薄了。

这个男孩和我女儿是好朋友,平日经常在一起玩。我女儿对这个男孩百依百顺,男孩知识面广,女儿对他是崇拜至极,这让先生酸溜溜的。

因为有了这封情书,先生从此就开始叫这个男孩为"那小子",对"那小子"进行各种不友善的试探,比如,男孩子来我家里做客,先生会趁女儿不在边上,拿出食物对他说:"我们把它分着吃了吧,不给僖僖留。"那男孩子一时嘴馋,就说好吧。

先生便认定这小子不靠谱,一点食物就可以收买,怎么配得上他的前世小情人呢?

他开始在女儿面前嘀嘀咕咕,说"那小子"的不是。

谁知"那小子"过后问我女儿:"僖僖,你家那个糖还有没有?"女儿不明白,"那小子"便将先生和他分糖之事说给女儿听,女儿心灵大受伤害,爸爸居然将糖偷偷分给别人都不给她,她大哭起来,说爸爸不爱她。

先生看到女儿哭,有口难辩。

我看先生那着急的样子,笑倒。

02

这位因为女儿收到情书而竖起犄角的爸爸,完全忘记了自己当初是如何把人家的女儿追到手的。

我在广州念大三时,与已工作的先生相恋。

大学毕业后我回香港工作,我和先生想着我们不可能在一起的,分居两个城市,要如何妥协呢?谁料分居两地不但没有让我们分手,反而更加难分难舍了,毕竟距离产生美。

一段时间后,我们决定一辈子长相厮守。

我对家人公开了我的恋情,我老妈很理智,马上展开调查,因为我和先生的老家是同一个地方,老妈托人了解了先生的家庭和为人后,觉得对方是可以让她女儿托付终身的女婿,就同意和支持我们了。

而我爸爸刚开始时是持反对态度。要知道,他为了让我来香港可是费尽苦心,如今好不容易一家团聚了,我和先生相恋结婚,那意味着我得在广州生活,因为先生是不会来香港的,广州有他的工作和事业。

我爸爸第二天马上请了一天假，带我去太平山顶，想让我对香港的繁华产生留恋之情。

我当然心意已决，不为所动，自古以来，没有分得开的爱情。

03

那年年底，我们按惯例回老家，和老家的老人们过春节。

先生风风火火地从广州开着他的车来深圳接我们，他一心要在未来岳父面前展示他的年轻有为和诚意，以行动博得未来老丈人的许可。

先生和我约好时间，在深圳罗湖关口等我们从香港过关回来。

谁知等到我们过关了，我爸见到先生，一口拒绝，很客气地摆着手："不用不用，有心了，我们已定了车票，你自己回去吧。"

先生在后面紧紧跟着，爸爸在前面加快步伐走着。我和我妈劝着我爸，我爸固执地不愿意坐先生的车。

当时我爸看先生跟得紧，对我说："你坐他的车吧，我和你妈不去坐。"

其实，这时离我们公布恋情已有好几个月，我也辞了香港的工作，准备来广州投奔爱情了。爸爸虽反对，但已没那么强烈了。

最后，只有我坐先生的车回，老爸还是坚持不肯坐上先生的车。

至今先生对我爸拒绝他时那独特的大步伐记忆犹新，还会时不时模仿一下当时老丈人走路的样子。

04

其实天下的父亲都是一样的。

被老丈人拒绝的先生,之前也干过"反恋爱间谍"工作。

听说我的两个姑姐当时结婚时也遭遇过家公的阻止。

先生有两个姐姐,姐姐们找到对象时,一开始都遭到家公的反对。

特别是大姑姐,大姑姐毕业后,家里好不容易把她从老家调到了广州一所公立幼儿园当老师,大姑姐长得漂亮又有才,倾慕她的人很多。

大姑姐最后情定大姐夫,那时大姐夫是一名公务员,生活也挺安稳,但估计家公觉得女儿就这么让人娶走,心有不甘,所以反对。

家公和我爸有相似之处,他策划了一次旅行,带着全家去肇庆七星岩游玩,可能想在游玩时说服大姑姐。

当然说服无效。

当时的先生正在广州念书,于是家公派先生当"间谍",监督大姑姐和大姐夫的行踪。

先生说有一次大姑姐去游泳,因为怕大姑姐约了大姐夫一起去,他就一直紧跟着。但后来先生不但没完成"间谍"工作,反而被大姑姐他们收买了,家公气得把他臭骂了一顿。

和众多爱情故事一样,爱情战胜了父亲的反对,大姑姐和大姐夫终成眷属。

当听说小姑姐谈恋爱时,家公也反对,但没那么强烈了,因为他知道反对无效，何况先生兄弟姐妹几个在广州互相"勾结"，互相帮助和隐瞒，家公也无可奈何。

05

余光中先生写过一篇趣文，关于他的四个女儿和四个假想敌，他写道：

> 父亲和男友，先天上就有矛盾。
> 对父亲来说，世界上没有东西比稚龄的女儿更完美的了，唯一的缺点就是会长大。
> 我当然不会应他。哪有这么容易的事！我像一棵果树，天长地久在这里立了多年。风霜雨露，样样有份，换来果实累累，不胜负荷。
> 而你，偶尔过路的小子，竟然一伸手就来摘果子，活该蟠地的树根绊你一跤！

哈哈，所有的父亲都认为自己的女儿是最好的，认为自己的女儿可以选择更好的那个未知的女婿。不过，当那个未知的女婿出现时，他们又会一番挑剔。

那些有女儿的父亲们，心中都有一块柔软的地方为女儿留着，有一块坚硬的地方为"那小子"留着。虽然父亲们的表达方式不一样，但他们都在用自己的方式保护着他们的女儿。

先生自从女儿收到情书后，认为我爸爸当时对他已经很友善了，自己以后肯定有过之而无不及。

看来，未来那个现在还不知在哪里的"那小子"以后有苦头吃了，岳母我也帮不了你，未来的准女婿，你只能自求多福了。

温柔与和平

01

儿子是个谈判和吵架高手,这一点我已经领教过很多次了,在和他的交手中,我多次败下阵来。

记得儿子刚上一年级时,我有些担心他刚入学会不适应。

开学的第一星期,相安无事。到了校门口,总会听到几个孩子的哭声。而他小手一挥,说:"妈妈,你不用送我进去了,回去吧。"

哇,我的宝贝好棒哟,此时站在门口的我,心里隐隐有一丝自豪,终于放下心来。

过了一个多星期,那天是星期五,一场对峙开始。

其实那一天他并没有不想去上学。

那天早上,送他和女儿上学的路上,我发现儿子的书包鼓鼓的,叫他打开看看,发现书包里塞满了玩具,原来他昨晚玩登山游戏,把书都倒出来了,用书包装他的登山物资,玩着玩着就忘了换回来。

女儿在车上哈哈地笑个不停,说居然有人带一书包玩具来上学,真是奇闻。

我可一点也笑不出来。

怎么办,来不及掉头回去拿了,要不女儿也会迟到的,得先把女儿送到学校。

到了学校,女儿进去后,我对儿子说:"要不你也先进去上课,我再送书过来。"他说不,他就要和书包在一起。我顾不了和他多废话,赶快和他一起掉头回家拿书。

02

那段时间刚好是上班高峰期,车速缓慢,拿好书再回到学校门口,已经九点多了。学校门口很安静。

叫儿子进去,这下人家不肯进了。

"我不习惯这个时间进去,我今天要请假。"他说。

刚刚开车赶路,又塞车,我焦虑、紧张、烦躁的情绪一下全爆发,火气噌噌地冒上来!

"这是谁造成的呀!才会这么晚!"我低吼起来。这时的我早就完全忘记了什么温和而坚定的原则了,我现在是坚定的不温和!

"要怪就怪塞车!可不怪我。"他也大声起来。

"无论如何,今天你必须进去上学。"我边吼边去拉他,他用力抓住扶手,并且眼眶红了起来。

然后他大喊着说:"我就是要请一天假,我都好久没请假了,现在快到课间操时间了,操场有很多蜜蜂,有一只还老绕着我飞……"

我莫名想笑,但忍住了,坚决不为所动。

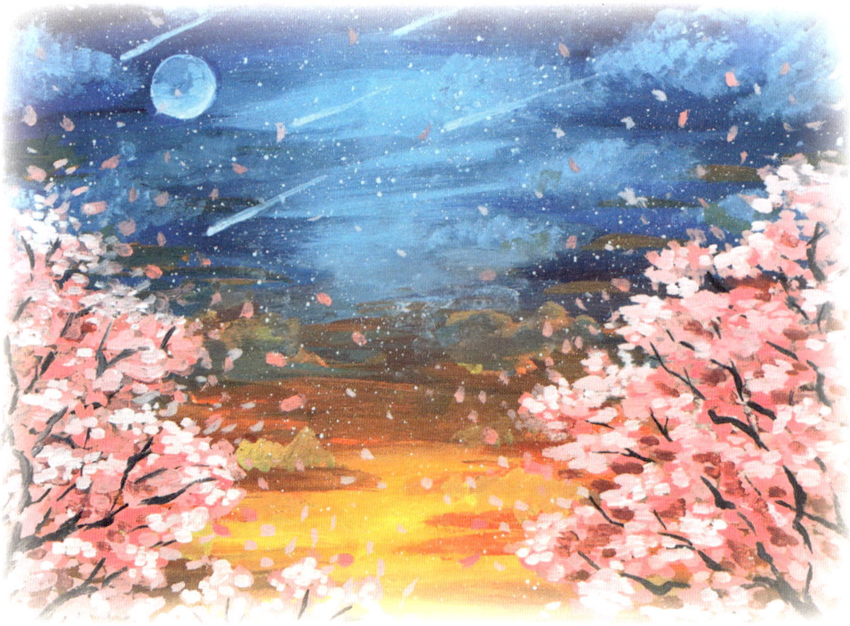

"有蜜蜂你可以告诉老师,我也会和老师说一下的,但你要进去上学。"我说。

他又开始诉说诸多不如意,什么上课太刻板、午休时睡不着等等,反正就不进去上学。

原来他入学后有这么多烦恼,我心中咯噔了一下。

他抱住我,很伤心地说:"我需要成长的时间,你得给我时间啊,我已经很努力去适应了,但今天是个意外,我不习惯这时候、这样子上学,我需要调节一下心情。"

我开始动摇了。

难得他能向我吐露心声,又说得这么在理,我要表示一下理解才行啊。

我思忖今天是星期五,下午是班会,现在也这个点了,这样子硬逼他进去,也上不了几节课了,似乎不值得闹一场,何不干脆给他放个假,如他所说的,调节一下。

于是我便说:"你说的有道理,儿子。妈妈明白你的意思了,也能理解你的心情,最近你真的很努力啦,咱们回家吧,今天的功课妈妈再给你补一下。"

"嗯嗯嗯。"他连连点头。

回家的路上,我心情有些沉重,不知自己这样做是不是慈母败儿呢?抬头看了一下后视镜,那家伙坐在安全座椅上,跷着二郎腿,两只手垫在后脑勺下。

"今天真是阳光明媚啊。"他笑嘻嘻地说。

看见我沉着脸没说话,他赶紧改口:"今天乌云密布啊。"

我非常后悔答应他请假了,真想把这小子送回学校去。

03

这天,儿子一放学到家就要求,他要放松一个小时后才做功课,我说可以,但前提是不用大人催哦。

平时是回家放松半小时后做功课,但我得不断催他才会去做。让他自己学会规划时间,慢慢对自己的学习有个计划和学会把控时间是很重要的。

儿子看我如此爽快,有点意外,试探着问:"那两个小时后做可以吗?"

"不可以。"我说。

"好吧。"他只能作罢。然后迫不及待地拿起平板电脑玩了一会游戏,又看起电视,我忍住不去唠叨他。

而女儿放学后稍作休息,吃完点心,就去做功课了。

一说起女儿做功课,我的心就乐开了花,不用催,自律又高效,还有很多时间做其他喜欢的事,真是为娘的骄傲。

所以面对儿子做功课的拖拉习惯,总令我有挫败感。

不知不觉,一个小时到了,我提醒儿子看时间,他说:"这一集就快看完了,保证两分钟就结束了。"

既然让他自己计划，我也只能说："好吧，结束后自己主动关电视啊。"

过了十分钟，那一集结束，儿子很豪气地关了电视，还对我说："妈妈，我是不是很棒，说到做到。"

"不错，接下来要快点做功课了，希望你也能说到做到。"我说。

"没问题！"儿子跟我挥了一下手做敬礼状，然后很利索地把书包拖进他的房间。

我进去他房间转了下，见这小子还在慢慢地拿出书本、练习本，翻开书页，再慢吞吞地拿出笔。

只见他拿完东西，又开始四处寻找东西。

"找什么呀？"我有点沉不住气了。

"削笔器啊，昨天我明明放在这的呀。"他去他的玩具区里找。好不容易在他的汽车堆里找到了削笔器。

削完笔，才搞定所有准备工作，我一看时间，约好的一个小时，现在实际是一个半小时过去了。

不过，总算可以开始做功课了，我舒了口气走出他房间。

安静了好一会儿，我心想不错，肯定快做完了。又进他房间，看到他正在床边，拿着铅笔放在一辆玩具汽车上当货物，被子叠成小山丘，他在艰难地运载货物上山。

我的怒火"唰"地一下冒了上来！

我走过去，一把夺走了他的玩具车，又走到书桌前，把他的书本全部合上，大声说："你言而无信！你今天不许做功课了！明天你自己去跟老师解释！"

"不要！"他扑过来护住他的书。

我生气地说："我不相信你了，你已经和我约好时间，但你根本没有遵守。"

"我保证这次不会了。"他着急地拉回他的书本。

我看他真急了，嘴上虽然大声说他，但还是放开了拿书的手。

"我陪着你做！快点吧，再不抓紧，今天会做得很晚了！"我说。

"不用你陪，你出去，我自己做。"他边说边把我推了出来，还把门给关上了，我心里想，这次你小子不会偷懒了吧。

不一会，他从门缝推了一张纸出来，在房里叫："妈妈，你来看一看！"

我过去捡起来一看，纸上写着："妈妈有病+10000。"

我好气又好笑，又过了一会儿，还是不放心他，便借口倒了杯水给他送来，没敲门就直接进去，看到语文作业本上只写了半页纸，他正在旁边画一把枪。

我忍不住又要叫起来。

正要发作，一抬头看到放在儿子书架上的几本育儿书，我对自己说："忍住，忍住，淡定，淡定，吼是没用的。"

我深吸一口气，调整了一下心态，仔细看了他作业本上的字，字很端正齐整，能看出是刚才一笔一画认真写的。

一下子想起他的好来，虽然他平时拖拉、没时间观念，但每天的作业都尽力写得很工整，力求完美。有时我嫌他慢，说不用写那么漂亮，他反而不同意，一定要写到那个字满意为止，他也从不会偷懒，少做作业，再晚也要完成，平时书包的课本也会分类整理，摆放得井井有条。

我的心一下柔软起来，语气也温柔了。

我说："宝贝，妈妈看到你的进步了，刚上学时，你连字都不会写呢，现在居然能写这么多字了。而且不管多晚，你都会坚持完成作业，还能把作业写得非常整齐漂亮，其实我很为你这些优点自豪。"我刚说完，儿子眼眶红了，他放下笔，过来抱住了我。

这家伙，我对他吼时他和我顶嘴，但温柔地表扬他几句，他也柔软下来了。

我不由得反思起我平时的行为和语气来。

04

"你如果老是大声说我，我怎么能进步呢？"他说。

"好的，妈妈知道了，妈妈也要反省。我们一起来找原因好吗？"我说。

"妈妈，你来，坐下。"他拉着我的手，让我坐在他的床沿。

他拿起他的铅笔，在已经快被他画满坦克、飞机、大炮的墙上匀出一块空白地方。

"是这样的，妈妈，你看……"他画了几个手拉手的火柴人，比画着说:"大人一大声对孩子说话,孩子就会不开心。你看,他也会变成一个对别人大声说话的人。反过来呢,如果大人对孩子很温柔地说话,孩子就会变得很开心,我以后也会对我的孩子这样说话……那我的孩子也就是你们的孙子,也会变成很开心的人。"

言下之意,以后他的孩子好不好,我是有责任的。

课讲完,我虚心对儿子说:"儿子,受教了,我以后坚决温柔。"

"真的?那拉钩,谁说话不算话,谁就是大笨蛋。"儿子开心地说。

"好。"我和儿子拉了钩。

这一天,虽然儿子的作业比平时晚很多才完成,但儿子难得能专心做完作业,没开小差,我和儿子其乐融融。

我还得到了他的一句评价:"妈妈,你是世界上最美丽的妈妈。"

05

经过这一次儿子给我上课后,接下来的几天,我果然变得格外"温柔"。

看到儿子正在找诸多借口拖拉时间时,我刚要原形毕露,大吼"你还不去做功课"时,儿子就会提醒:"温柔,妈妈,要温柔。"

我秒变台湾腔:"儿子,咱们要去做功课的啦。"

儿子也怪声怪气起来:"知道啦,妈咪。"

"儿子,你好棒棒噢。"

"妈咪,你又温柔又漂亮,全世界最美哦。"

我越发温柔了:"儿子,你也是全世界最聪明最会做功课的孩子。"

尽管肉麻,但还挺有用的,在这种做作的怪声怪气下,我们居然相安无事好几天,儿子做功课的速度还真的变快了。

我这虚伪的温柔,能维持多久,我可不敢保证。不过,和孩子斗智斗勇的时光,真的过得特别快,快且幸福着。

慢慢地,我们会变得真正的温柔起来吧。

然后,我们老了,他们就长大了。

这时房间里传来儿子自创的说唱:"妈妈叫我去买一颗白菜,我却去买了一个iPad(平板电脑),妈妈气得叫我赔她一百块……"

这小样儿,在这次交手中,我又败了。

我心中的"断舍离"

01

有一种家叫"别人的家",一尘不染,没有杂物,台面光亮整洁,鲜花绽放,一缕阳光照进来,小狗躺在地毯上懒洋洋地睡觉,孩子正在玩具区里安静地玩耍。

这是我没结婚时对未来的家的想象。

然而从没实现过。

现实是,我家的小狗确实是懒洋洋地睡觉,只不过旁边还散落着一些狗毛。孩子们从没停止过追逐的脚步,可怜的玩具也跟随它们的主人四处奔波,从没在自己原来的位置上安静地待过。

偶尔也买来一束鲜花,却经常忘记换水,一抬头,才惊觉花已干枯。

孩子的衣物用品,虽然有定期清理,但还是跟不上孩子成长的步伐,家里很快又会堆积很多的杂物。

相信有娃的家,特别是在有两个娃的家里,这种情景是很常见的。打开手机,到处是提倡断舍离的文章,主张极简生活。

这是一种令人向往的生活方式,特别是对多娃家庭来说,简直是梦中才有的生活。

所以每当看到家里到处是孩子们的用品和一大堆玩具,我的心情就会急躁起来。

积累了太多对断舍离的渴望，为了心中理想的生活，我决心要进行一次彻底的"断舍离"。

02

何为"断舍离"？

《断舍离》的作者山下英子根据自己与物品的关系，对物品进行简化、取舍，并提倡人们省出整理的时间、空间、劳力和精力。

"断舍离"的主角不是物品，是自己，而时间轴永远都是现在。选择物品的窍门，不是"能不能用"，而是"我要不要用"。

断：不买、不收取不需要的东西。

舍：处理掉堆放在家里没用的东西。

离：舍弃对物质的迷恋，让自己处于宽敞舒适、自由自在的空间。

我理解的"断舍离"，就是生活能"轻松上阵"，而不是"负重前行"。

虽然有很多不舍，但想象一下家里整齐干净的样子，我决心将"断舍离"进行到底。

我先从衣物着手，藏在衣柜深处的新衣服，都是为了瘦身后穿而提前买的，但一直没机会穿，吊牌还在衣服上。

"断舍离"理念主张超过一年没用的东西就要清理掉，所以我纵然不舍,但想着既然要彻底,就得痛下"杀手",便也就痛快地将新衣服扔进了打包袋里,心中惋惜地叹了一口气。

因为孩子长得快,衣物平时经常整理,倒不需要清理太多。最难"断舍离"的东西,就是孩子的玩具了。

果然,我一开始实行,就遇到了阻力。

女儿倒没什么意见,她大部分的玩具是布娃娃和做手工的材料。

玩具区到处是儿子的玩具:车、枪、机器人、乐高等。

我找来两个大纸箱,对儿子说:"今天我们要来清理一下玩具,把坏的扔掉,没坏的但你又不想玩的,就收起来给喜欢的人。"

儿子大叫起来:"不!这些都是我的宝贝,一个都不能扔,都还要玩的!"儿子边说边拖着大大的空箱子,把它们扔在远离玩具区的地方。

这在我的意料之中,儿子从小就念旧,哪怕是他读过的一本书都不舍得扔掉或送人,送人可以买新的,但他用过的东西都是他的"好伙伴",谁都不能拿走。

我理解他的感受,但分类整理也是孩子需要学习的。

"你看看,这辆车,还有那辆车,不是车门坏了就是车灯坏了,你不将它们处理掉,就会和没坏的玩具放在一起,你找起来很费劲的。"我讲事实给他听。

"可是,它们对我来说是很重要的,有些是朋友送我的,我很珍惜,坏了我也要,我有这个权利决定!"儿子说。

我一直充分尊重他的物权,他的东西他有自己处理的权利,但这么多的玩具,什么都不舍得扔,堆在一起就更杂乱了。

好在我早有心理准备，使出缓兵之计，我说："好吧，我们不扔了，我们就收拾整理一下，把不用的玩具放在储物间里，你想要的时候再拿出来玩好不好？"

这一招我经常使用，储物间已经有好多他不肯扔掉的玩具了。儿子知道他的玩具还会在家里，不会被抛弃，就同意了。

他很爽快地清理出两大箱没用的玩具来。

但这次我打算趁他不注意时，偷偷地把这些东西扔掉。

03

我把所有要清理的东西放在一起，今天都要来做个了断。

我忽然产生了一种割袍断义的悲壮感。

我把孩子们支开，叫他们去找小朋友玩，然后打开之前尘封在储物间的箱子，看看有哪些物品可以处理掉。

有一个箱子装满了 DVD 碟片，我脑海掠过看碟片的一个个夜晚，跟着影片里的情节一惊一乍，忽悲忽喜，如今已不再需要碟片了，想要看什么影片，一搜索就可以看到了。那这些碟片扔还是不扔？

还有好多之前订的杂志和旧书，如今已成为经典，扔还是不扔？

我又打开几个大塑料箱。里面装的是女儿从小到大的美术和手工作品，居然积累了这么多，我不由得惊住了。

我想起那个每天从幼儿园带回好多作品的女孩向我奔来，第一件

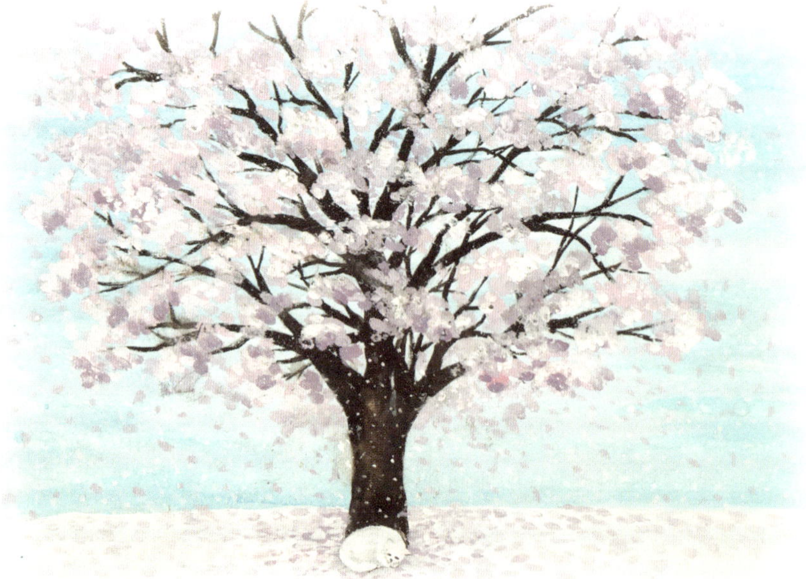

事就是拿出她的作品，迫不及待地向我介绍她画里面的人和物。

我依稀还记得哪一张是她的第一张涂鸦作品，画面是一团线；哪一张是她第一次用水彩画画；哪一张是她第一次画妈妈的肖像；她的第一次轻黏土作品……

太多的记忆啊，我仿佛看到了那个蹒跚的女孩一步一个脚印走来的样子。

还有孩子们的节日礼物、礼服、公主裙等。

扔吗，真不舍得，都是满满的回忆哟。

我的选择困难症又来了。

不行，今天我不是下定决心要"断舍离"了吗，我摇摇头，决心甩走我的犹豫不决。

我灵机一动，把作品拍下来作纪念，不就可以了。

我对我的机智佩服不已。

这么多的作品全拍的话，时间太长了，我挑一些重要的拍，最后总算搞定了。

然后我把衣物分类，旧的扔掉，较新的用打包袋装好，准备放到小区的衣物捐赠箱里。

一切收拾妥当，带着一份悲壮的情怀，我和阿姨一起将一个个箱子和大袋子搬进电梯。

搬的过程中，刚好碰到女儿玩累回家喝水。

她一下认出了儿子装玩具的箱子，她喊："妈妈，你言而无信，你不是答应波比不扔的吗？"

我心虚地咳了几声,心不由得收紧了一下。

女儿在家里的走道上拾起一只熊猫公仔,可能是刚刚从箱子里掉出来的,女儿开心地叫了起来:"妈妈,这个是爸爸以前在四川熊猫基地给我买的礼物,这个基地汶川大地震后就没了。我都忘记有这只熊猫了,太好了!这只熊猫好有纪念价值呢。"

我的心又不由得收紧了。

阿姨已经将最后几箱东西搬进了电梯,当她要关电梯门的时候,我忽然跑过去,叫住阿姨,让她按住电梯,除了几箱衣物和杂志,我将其他的箱子搬了出来,把那些 DVD 碟片、女儿的美术作品、儿子的玩具,统统搬回来。

我决定对这些东西不断、不舍、不离了。

04

"断舍离"的理念和目的不是要人们学会轻松,不为物质所捆绑吗?但刚刚要搬走东西时,为何我心中如此不痛快,而当东西搬回来的时候,我反而觉得从没有过的如释重负呢?

我顿时明白了,凡事不必拘泥于离或留,心中无悔的"断舍离",才是真正的"断舍离"。

重要的是,要"断舍离"得舒服自在,否则,就失去"断舍离"的意义了。

那里有只蚊子

01

当先生说"那里有只蚊子"的时候,我觉得我不能再这样纵容他了。

是这样子的,家里不小心飞进了一只蚊子,停留在茶几上,正常反应,我们会一巴掌拍过去或赶走它吧,但我家先生的第一反应是来告知我:"那里有只蚊子。"

他为什么告诉我?因为他的意思是让我去对付那只蚊子。结婚多年,已习惯当甩手掌柜的他,忘了自己可以直接赶走蚊子,在他看来,这是一件家务事,不归他管。

重要的是,先生说的时候是那么泰然自若,仿佛这是件天经地义的事。

我开始意识到这个问题的严重性,在蚊子问题过后不久,家里的狗狗掉了一小撮毛在地上,儿子刚要走过去,先生反应灵敏,过去一把将儿子拉住了,说:"小心,地上有狗毛!"就像那里有个地雷一样,然后他带儿子绕了过去,又若无其事地看手机了。

我听到后,条件反射地赶紧拿了纸巾把狗毛捡起来扔进垃圾桶,但觉得哪里不对劲,想一想,恍然大悟。

大团圆

我问先生:"亲爱的,你什么时候发现那里有狗毛的?"

先生抱怨道:"它在那里已经很久了。"言下之意,这么久了都没人清理它。

我问:"那你看到为什么不顺手清理掉它?"

他一时答不上来。

这时我进行一番深刻的反思,发现这个问题其实是我造成的。

这要追溯到多年前刚结婚时,先生原是本着遵守男女分工平等的原则,跟我说"你做饭来我洗碗"的。但我,没错,是我,我说:"男人做好事业就好了,家务这些事就交给我吧。"然后我就请阿姨来帮忙做家务了。

有了阿姨,先生就更心安理得地当起甩手掌柜,到现在连赶只蚊子、捡起狗毛,他都觉得不关自己的事。

02

过后,我开始留心观察先生在家的举动。

我发现问题简直就像朋友圈一样,一点开就特别多。

比如家里什么东西坏了,先生熟视无睹;他从来不知道家里的东西放在哪里,棉签用完了,抱怨家里没提前备好货;他永远找不到东西,因为他打开抽屉看一眼,又关上,然后就来找我要,我打开抽屉一看,东西就在里面呀,哪怕动手轻轻翻一下都能找到。

有一天，他准备沏工夫茶，我和他并排坐在一起，水壶离他 40 厘米，离我 30 厘米，他对我说："帮我递一下水壶。"

如果是以前，我一定会不假思索、毫不犹豫地递给他，但这几天我心里正不痛快，便说："你稍微前倾一下就可以拿到了，为什么要我转手给你，自己拿。"

先生嘀咕："小气。"然后他就不动了。

过一会我问他："茶呢？"

"没水怎么泡。"他说。

哎哟，还发起脾气来了。真不知我怎么能容忍他这样子这么久。

03

人一旦有了觉悟，就会很激进。

晚上，他吃完饭，悠然地在阳台观赏夜景，发现阳台的花有点干了，当他探头进来跟我说"花干了，该浇水了"的时候，我忍无可忍，爆发了！

我大声地质问："你没看我在弄孩子吗，你的手呢，用来干什么，花干了，你不会浇一下啊！"

"这么激动干啥，就随口说一下，有必要这么大惊小怪吗？小题大做。"他说。然后转头问孩子们："你们说对不对？小题大做。"

"什么小题大做？我说的不仅仅是浇花的事，从这件事可以延伸到很多事，就像上次家里有狗毛你都不捡一下，家里飞进一只蚊子，你都不会赶一下吗？还特意专门来告诉我！泡茶的水壶就在你前面，你稍微动一下身子就可以拿到了，还要别人拿给你，你就是太懒了。"

我很恼火，一股脑儿数落了先生的种种不是。

气还没消，刚好闺蜜打电话来，我又数落了一遍给她听。

闺蜜听完，居然说："这些都是你惯出来的好不好？"

闺蜜说："我上次去你家，你家老黄刚起床，不知是谁赶紧问人家，'饿了吗？菜都凉了，先别吃，我去热一下。'"

她这么一说，我似乎有点印象了，原来我是这么"贤惠"的？那一定是假的我。

我问闺蜜："你家是怎么做的？"

闺蜜说："我老公也要帮忙的，虽有阿姨帮忙，照顾孩子那么多事，都很辛苦了，哪还有时间照顾大人。"

对哦，先生又不是孩子，重要的是，先生已经认为这一切是理所当然的了，这可不仅仅是劳动的问题了，这是对家庭的参与度问题。

我痛定思痛，决定从明天开始，最起码，得让他先学会自己的事自己做。

04

第二天是周末，阿姨休息。我和孩子们起得早，早餐是三明治和牛奶。

因为先生早餐只喜欢喝粥,平时我会在他醒来之前就煲好,今天我故意不做,要不就和我们吃三明治,要不就自己去煲。

过了一会,先生起床了,我说:"今天没煮粥哦,就吃三明治吧,你如果要喝粥就自己去煮。"

我尽量语气温柔而坚定,借用一下育儿法。

先生看了看三明治,一脸的嫌弃。然后走进他从不涉足的厨房,一副这有何难的样子。

首先,他问我锅放哪里,然后,他拿出锅,对着锅细细检查了一遍,指出了一处不干净的地方,让我和阿姨说一下,让她好好注意。

"卫生问题很重要。"他说,"管理,一切在于管理。"然后细细地把锅又洗了一遍,问过我哪些是煲粥的米后,淘起米来。

他淘了有十遍不止,直到把淘米水洗得没一点米浆的原色了才作罢。放上水,终于开始煲了。

谢天谢地,我忍住没说一句话。要是平时,我肯定宁可抢过来自己做。

然后,先生开始准备煎他最喜欢的鱼,这是他喝粥必备的菜。刚才我已悄悄把鱼拿出来解冻了,我终究还是忍不住。

他把鱼洗得很干净,用剪刀将鱼鳃等地方剪掉。吸干水,腌制一下,问我哪个锅可以用,准备煎鱼,我递了平底锅给他。

他又把锅仔细地检查了一番,确定很干净后,问我要下多少油合适,我耐着性子一一告诉他,我压制下好多次想抢过来自己煎的冲动,告诉自己,要放手,怎么说他都在行动了,不能一下要求太高,得给他时间。

先生居然渐入佳境，懂得慢火煎鱼，还边煎边教我说："你看，鱼就是要用慢火煎才不会焦。"

他真的把鱼煎得很成功，金黄金黄的，接着他又做了一个鸡蛋炒萝卜干，此处省略详细过程，反正他把早餐做成了中午餐。

吃过早餐的孩子们闻香过来，在先生的夸张宣传下都抢着吃，还大夸爸爸做得香。

一次劳动让先生收获了成就感，开心之余，居然夸口晚餐给孩子们做他们爱吃的意大利肉酱面，女儿可高兴了，自告奋勇打下手。

于是父女俩下午搜索了意大利肉酱面的正宗做法，记下了要买的材料，兴致勃勃地去超市采购。买回材料，父女俩开始准备，儿子也时不时来帮一下倒忙，我说我负责洗碗。

就这样，父女俩在厨房，先生负责切肉，女儿负责看手机指导，父女俩操作精准到几克盐，需要几分钟，唯恐有一点点闪失。最后终于做出了他们认为有史以来最好吃的意大利肉酱面。

孩子们胃口好极了，觉得世界上最会做饭的就是爸爸了。看孩子们吃得开心，先生一时兴起，信口许诺以后每周末都要亲自做饭，孩子们欢呼起来。

开始感受到劳动的喜悦后，先生的生活自理能力有点改观了，最起码会在每一件事问我之前先动下他的脑筋，而不是不假思索地唤别人去做。估计现在如果再有蚊子来，他应该会自己处理而不是来告诉我了。

真是可喜可贺！

05

  但是先不要高兴那么早，人的惰性可不是那么容易改变的，他答应孩子周末做饭的事第二个星期就不兑现了。

  这个周末他一起床，我以为他会像上周一样自己去动手煮粥，他去厨房巡视了一遍后，也许上周那天做饭用力过猛，有点后怕。只听他叫孩子们："宝贝们，走，老爸请你们喝早茶去。"孩子们不去，说自己都吃过早餐了。

  然后女儿很期待地问他："老爸，今天我们再做意大利肉酱面好不好？"

  只见先生支支吾吾地回答："呃……喜欢的东西是不能总吃的，要留下回味的空间嘛。今天老爸带你们去吃其他的，保证你们没吃过，肯定很喜欢……"

  我在一旁捂住嘴偷笑不已。

你跳，我也跳

01

一个周末，我们全家在家里重温了《泰坦尼克号》这部电影。

我问先生："如果我有危险了，要从高处跳下来，你会不会和我一起跳？"

本想这时孩子们也在旁边，先生会马上回答"当然会"，谁知他说："傻瓜才跟着跳，我才不跳，这是无谓的牺牲。"

岁月无情啊，多年前敢说这句话试试！

多年前，我大学毕业后，便和先生分隔两地，我在香港，先生在广州。

因为我们一开始是打算不以结婚为目的的恋爱，所以我一毕业便将我所有的家当（大部分是书）搬回了香港。

异地时，虽然两个人还是卿卿我我，天天打长途电话，但也没下定决心要在一起。

直到《泰坦尼克号》全球热播，听说先生看得泪流满面，痛哭流涕，痛不欲生……

然后从不写信的先生提笔写了一封长长的情书寄给我，我们决定永远在一起，我过来广州，结束异地恋。

比起生离死别，分隔两地又算什么障碍呢，简直是微不足道了。

因为这个缘故，《泰坦尼克号》对我和先生有着重大意义，以致有一次我和先生吵架时，我脱口而出："当初去看什么鬼的《泰坦尼克号》！"

当激情被磨平，换来的是平淡乏味的日常生活，再回首看当初热播《泰坦尼克号》的年代，俨然已是很久以前的事情，心境也不复当时了。

而当时影片中那句经典台词"你跳，我也跳"流掉了多少人的眼泪，唤起了多少人的激情。

02

在繁华的码头上，一艘有史以来最大最豪华的客轮要试航了，这艘叫泰坦尼克号的大船，号称"永不沉没的客轮"。

码头上熙熙攘攘，大家兴奋地期待着。

杰克英俊、年轻、充满活力，是个艺术家。那天，他运气爆棚，他和伙伴赢得了最后的两张船票。

他欣喜若狂，他终于可以去那个传说中的新大陆，他的梦想就要实现了。他怀着激情和理想，和他的伙伴登上这艘希望之船。

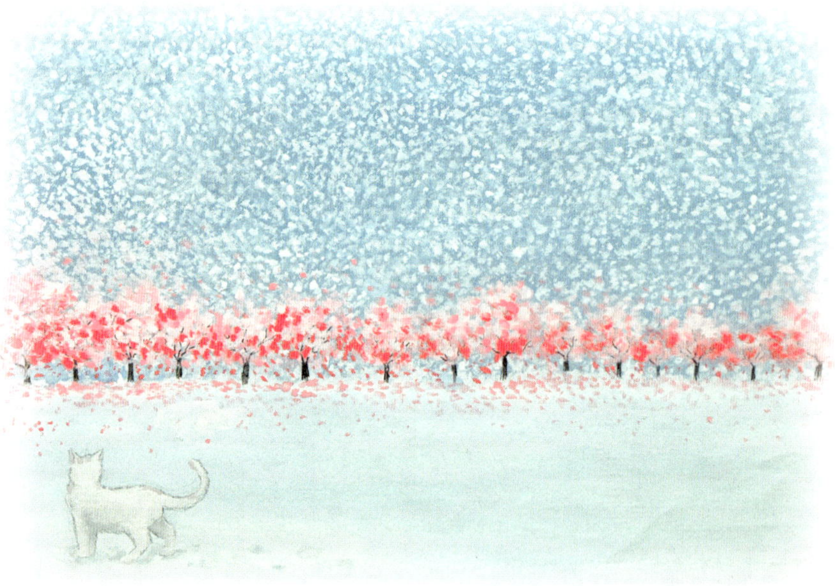

他和罗丝，两个不同的世界的人，在这艘船相遇了，在泰坦尼克号的甲板上。

当时罗丝因为被自己不想要的生活压得喘不过气来，她爬上甲板的栏杆，想知道自己是否有勇气跳下去，想象如果跳下去是什么滋味。

杰克刚好也在甲板上。

为了阻止她跳下去，他对她说："你若跳下去的话，我也只好跟着一起跳了。"

然后杰克真的脱掉鞋和外套，假装准备一起跳下去。最后，他及时拉住罗丝，救了差点失足掉下去的她。

他就像一盏明灯，照亮、拯救了被虚伪的生活压得了无生趣的罗丝，罗丝因为认识了杰克，知道了世上还有另一种活法，可以这么开心、自在地做自己。

他们互相吸引并非偶然，他们属于同一类人，他们一样渴望自由，渴望追求真正的快乐。

短短四天的相识相爱，他们一起经历和通过各种对尊严和信任的考验。

他们爱得热烈而真挚，似乎过了几辈子。

03

罗丝第二次说："你跳，我也跳。"这次是在最后的生死关头。

轮船已快沉没,杰克骗罗丝自己随后也会离开,让她先坐救生艇走。罗丝在最后时刻,又跳上了轮船。

他们相拥而泣,杰克对罗丝说:"你太傻了,你回来干什么?"罗丝说:"你跳,我也跳,对不对?"

每次看到这一段都会泪目。

"你跳,我也跳"这句话,代表的是生死相随,无法保证生命能否继续,但有了爱情,就有勇气面对死亡而无所畏惧,这是一句最悲壮的誓言。

时隔这么多年重温《泰坦尼克号》,依旧被感动,也更深刻地体会了在灾难面前人性的善与恶,但此时心境毕竟是有些不同了。

"你跳,我也跳"这是情到深处,生死相随的决心。但现实中,并不是你跳,我就能跟着跳。

现实中,有太多的羁绊,如果有得选择,谁会选择"你跳,我也跳"呢?

04

记得有一次我们去东北玩,在去雪乡途中,我们停车让孩子们在一片小树林玩雪。

忽然听到先生叫了一声,只见他陷在雪坑里,雪已没过他的大腿,他的身体还在往下陷,我脑子里马上想象他陷进了沼泽地,他就快被淹没了，快死了！

不由多想，我快速冲上去拉他，这时，先生大喊一句："别过来！"

好在最后虚惊一场，那不是危险的"沼泽地"，只是松软的雪地而已。但回想那一刻，还是有点心悸的。

我当时冲上去是发自本能，但先生的行为却让我意外，事后我问先生，"为什么叫我别过来，人在紧急时的本能不是想自己脱离危险吗？"他说："我们两个都死了，谁照顾孩子？"

这回答真是简单又直接，却让人无法反驳。

这就是人类的现实性吧，哪怕危险是一瞬间的事，也会马上想到下一步的生活。

越活着，越失去了这份"你跳，我也跳"的勇气，到底是岁月令我们越活越成熟冷静，还是令我们更加无奈呢？

现实生活总有很多牵绊，很多责任和义务，年轻时，我们可以义无反顾地说"你跳，我也跳"。如今是"我跳，你不能跳"，或是"你跳，我不能跟着跳"。

05

所以我们这次重温《泰坦尼克号》时，先生已经不再泪流满面了，而是回答我："傻瓜才跟着跳。"

我"哼"了一声，转头问一旁的孩子们会不会跟妈妈一起跳，还是女儿善解人意,她说:"可以这样子,妈妈,我们手拉着手,学猴子捞月那样把你拉住,你就不会掉下去了。"

好吧,这个答案我还能勉强接受。

"恐怕拉不住,你妈太重了。"先生又来一句,简直是找打。

但此刻心里却是满满的温情,"傻瓜才跟着跳",能说这句话证明我们都好好地活着。岁月静好,一家人围坐在一起,看一部当年感动到痛哭流涕的电影,何其幸福。

日子如同溪水般潺潺地流,轻柔的水声虽没有如交响乐般奏出激昂而华丽的乐章,却也声声入耳,安定从容。

"你跳,我也跳。"

但愿漫漫岁月中我们永远无须说出这样的话。

奶酪

01

奶酪是我家养的狗。

奶酪刚来时只有两个月大，如今在我家已经有八年多了。按小狗的平均寿命来说，奶酪应该算是中年了。

奶酪背部是棕黄色的，肚子是白色的，是一只混血蝴蝶犬。奶酪刚来家里时还很小，毛短短的，非常可爱。长大后的奶酪毛发特别多而且长，两只如蝴蝶翅膀般的耳朵表现出它的蝴蝶犬基因。奶酪的眼睛水汪汪的，如果比拟成人，奶酪应该算是一个标致的美人儿。

奶酪的名字是孩子们起的，因为孩子们喜欢吃奶酪。时间久了，感觉"奶酪"这个名字真的和它很贴切，可甜可盐。

奶酪与我们家特别有缘分，时间也刚好，它晚点或早点出现，我可能就不同意女儿养了。

当时女儿七岁多，天天念叨着要养狗。于是我们去花鸟市场买了一只纯白色的比熊犬。虽然很多人说花鸟市场的狗大多养不活，但我们还是将其买回了家。果然，养了不到一周，比熊就开始闹肚子，我们把它送去宠物医院住了一星期，最终还是没治好，女儿为此伤心了好些日子。

有一天，我们去家附近的一家花店买花，店主家的狗刚好两个月前生下四只小狗仔，其中一只就是奶酪。

几只小狗在地上窜来窜去，非常可爱。不知为何，女儿一眼就喜欢上了奶酪，央求我把奶酪买回家。花店主人一听也表示，他正有意要卖。

我本是怕麻烦的人，但想到比熊死了，女儿那么伤心，如今她遇到奶酪，也是缘分吧。我当时脑子一热，居然就答应了下来，过后几天，我一直处于后悔之中，特别是奶酪给家里增添了各种繁杂事时，我更在想当初自己怎么就答应了？

一个星期后，我们带奶酪回花店去找它的兄妹们玩，没想到店主说奶酪的兄妹在我们买走奶酪的第二天就被人偷走了，而且极有可能是被流浪汉偷去吃掉了，因为有人看到那天有流浪汉模样的人在附近打转。我们不禁惊呆了，这难道是冥冥之中注定奶酪会免遭此劫吗？从此，我再也没有后悔过养奶酪。

奶酪性格活泼好动，女儿每天都会牵着它去遛一圈。它在我们家一天天茁壮成长，陪着女儿度过了很多美丽的时光，激发了女儿很多灵感，女儿的作文和绘画作品里几乎都有奶酪的影子。

02

女儿的爱狗之心，其实是有缘由的，可以说她是受她爸爸的影响。

我先生从小就和狗有缘。

他小的时候，家里就养着一只叫"红鼻"的土狗，顾名思义，红鼻是因为有红色的鼻子才叫这个名字。

红鼻和我先生的奶奶及先生这一老一少的感情最要好，先生被严厉的爸爸骂了后，哭鼻子时都是红鼻陪着他。先生和邻居的孩子打架，红鼻会扑上去帮忙，作势要咬对方，以后每当这孩子经过先生家门口时，红鼻便很"记仇"地对着那孩子大叫一通。

先生奶奶年纪大了，红鼻陪她晒太阳，经常守在她身边，有一次，家里的青壮年都不在家，奶奶不慎跌倒，是红鼻跑出去狂叫，引来了邻居才及时抢救了过来。

红鼻特别通人性，有一次被狗贩子拐到相隔甚远的其他乡镇，失踪了好几个月。后来先生有一位邻居刚好经过那个镇，红鼻听到熟悉的声音，马上跟随跑了回来。

先生说，红鼻回来的时候，满身脏泥，但兴奋不已，全家也因为红鼻的回来开心得不得了，给红鼻好好洗了个澡，从此更把红鼻当宝贝了。

红鼻在先生家生活了二十多年，是非常长寿的狗狗。先生他们出去读书工作后，红鼻和先生的奶奶互相做伴。先生奶奶临终前一天，红鼻因为老花眼掉落水潭走了，而先生奶奶在第二天也去世了。如果不是先生家的这些经历，我还不相信狗真的这么有灵性。

先生经常给孩子们讲红鼻的故事，爱动物的女儿更是听得津津有味，不断地问这问那，我们全家也对狗有了一种亲切的感情，最爱围在一起看《忠犬八公》和《一条狗的使命》，全家都看得眼泪汪汪。

03

因为自小有红鼻相伴，先生对狗一直带有一份情谊。

奶酪不是我家养的第一只狗，我们养的第一只狗是在女儿出生几个月后来到我们家的。

那一天，先生在加油站给车加油，看到有人捡到一只被丢弃的幼小的日本柴犬，正在讨论如何做成美味的腹中物，先生想到红鼻，于心不忍，就把小狗买了下来，抱回家来养。

家里忽然多了一只狗，女儿以为是新玩具，见到小狗很喜欢。我们给它起名为"阿福"。阿福长得特别快，一下子就变成大个子了，我们在室外给阿福建了个窝。

柴犬力气非常大，先生有空会训练它，负责一天遛阿福一次的阿姨小伍每天都遛得满头大汗，她笑说自己可以顺便减肥。渐渐地，她和阿福还培养出感情来，而女儿，每天嘴里"阿福、阿福"地叫，她会认会写的第一个字就是"福"字。

过了一年多，我怀了二胎，因为怕养狗对胎儿有影响，我们便把阿福送去郊区的工厂养，先生交代厂里工人要好好地照顾阿福。

我们全家周末一有空就去工厂看阿福，阿福越来越野了，工厂地方大，正适合体力充沛的阿福活动。阿福一见到我们便狂转圈摇尾巴，高兴极了。

后来阿福还在工厂外面找到它的真爱,生了好几只小狗。看到阿福的日子过得非常逍遥自在,我们也放下心来。

我生了儿子后,生活更加忙碌起来,渐渐也很少带女儿去看阿福了。

直到有一天,厂长忽然打来电话说阿福死了,应该是误吃了灭鼠药或是其他有毒的东西。我们听了都特别难过,小伍一听就哭了起来。

女儿和阿福虽很熟,但毕竟还小,不懂什么是死亡,问了几句也就忘了。

但也许是因为从小就对狗有亲切感,女儿对再养一条狗一直念念不忘,她最想养拉布拉多,但考虑到拉布拉多力气太大,女儿不适合遛它,便商量好先养一条小的宠物狗,这便有了以上买比熊的经过。

04

所以奶酪的到来,似乎是在一个对的时间,顺应老天安排来到我们家,以此延续我们家和狗的缘分。

刚来时,它给我们带来很多"麻烦",比如说它会到处如厕。有一次,它偷偷潜入我的画室出恭,我几日没进去不知道,后来一进去,一股难闻的气味差点令我把它赶出家门。

家里多了一只狗,便多了很多的事情,清洁、理毛、投喂、遛狗等都是很费时费力的,特别是小狗,在家里到处溜达,不像以前阿福那么粗养,放在外面不让进来就可以。

奶酪的到来,也给家里增添了无数乐趣,它来了没多久,便立下一大"功"。奶酪的木屋坐落在阳台上,阳台另一角落有一个小鱼池。有一天晚上,一条鲤鱼跳出了鱼池,我们都没留意。这时,奶酪一反常态地吠叫起来,女儿走出去一看,鲤鱼在地上已奄奄一息,我们赶紧将鲤鱼放回鱼池,大家都夸奶酪救了鲤鱼一命,奖了它一根美味的骨头,奶酪得意万分,尾巴摇得老高,这件事奠定了奶酪的家庭地位。

奶酪从此高傲起来,每个来家里的客人都得和它"搞好关系",喂它点吃的,要不下次来它会非常不友善地叫个不停。如果是陌生人来,它会叫得很大声,我们凭它的叫声就能知道来的是熟悉的客人还是快递员等陌生人,无形中给家里增加了安全感。

奶酪来了后,女儿便多了很多事情,要照顾奶酪、训练奶酪、给奶酪过生日,忙得不亦乐乎,我也就随她去折腾。

奶酪无形中让孩子们有了陪伴,学会了牵挂,我们出去吃个饭,女儿也会惦记给奶酪带回一根美味的骨头。女儿会去查资料,学习如何训练奶酪,不知不觉中也学会了什么叫责任心,奶酪又给了女儿很多创作素材,女儿还以奶酪为原型绘制了几本绘本。

每当我们出门旅行,便把奶酪托管在亲戚家里或放在宠物店几天,但也只是几天没见而已,不像如今分开这么久。

这两年多,先生和我们分隔两地不能见面,也是好在有奶酪的陪伴,他们颇有一种相依为命之感。有时先生闷了,会跟奶酪聊天,还时不时请奶酪喝点啤酒,生动演绎一场留守中年人和狗的孤独情景剧。

奶酪也经常蜷缩于先生脚下睡觉,一听到手机里我们说话的声音便活跃起来,拼命对着手机摇尾巴,汪汪叫个不停,似乎在问:"你们在哪里,什么时候回来啊?"

应该很快可以见面了吧,奶酪。

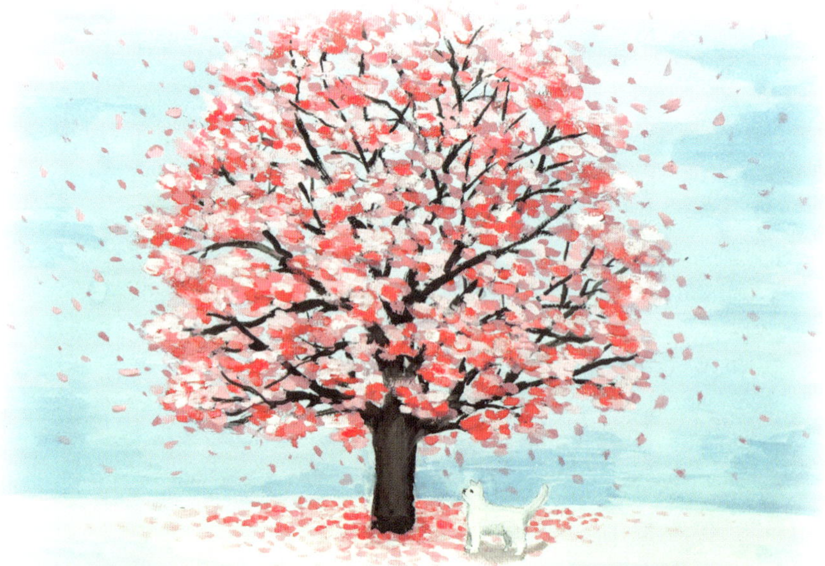

夕阳下的舞动

01

开往日本冲绳岛的邮轮上,我们在最顶层的甲板上看日落。这里是邮轮上观赏日出日落的最佳地点。

我们又看到那对父子。

儿子快五十的年纪,他穿着格子衬衣、一条浅啡色的休闲裤,戴着一副眼镜,精干中带有儒雅。

父亲坐在轮椅上,七十多岁的样子,花白的头发整齐地向后梳着,穿白T恤、深灰裤。

老先生面无表情地望着大海的远处,有一种落寞孤寂之感。

放眼望去,火红的晚霞染着了海水,蓝与红交融在一起,这情景,美得令人想不起任何诗句。

02

这对父子昨天我们已见过一次,在十六层甲板的西式自助餐厅。

邮轮有几家餐厅可供选择,孩子们最喜欢十六层甲板这一家,因为这里有香草冰淇淋和视野最好的海景。

当时我们来得有点迟,餐厅已坐满了人,更别说靠窗边的位置了。

但孩子们执着要坐在能看海景的位置,我们只好耐心地看有没有人要离开。

有一对坐在靠窗位置上的父子,他们看到我们在找位置,跟我们说可以坐在他们这一张。

我们表示不用着急,你们慢慢吃,不必专门把位子让给我们。这位儿子微笑着说:"没关系,我和爸爸已用完餐了。"

他起身把一张轮椅推过来,轻松地把他父亲抱到轮椅上,然后微笑和我们点头,推着轮椅离开了。

我感激地看着这对父子,不禁有点好奇,为何只有两个人来坐邮轮游玩?

今天在这里又看到这对父子,我对先生说:"好奇怪啊,父子俩单独出来玩。"

先生说女人就是八卦。

孩子们闹着要去其他地方玩,离开时,我们和那位男子互相微笑说再见。

我看了看那位老先生,老人家静静地眺望远处,似乎这世界与他无关。

浩瀚的大海,在缓缓移动。

邮轮航行着,在海面划出一片长长的翻卷的白浪。

03

邮轮真是懒人亲子游的最佳选择。

有各类游乐设施,孩子们可以玩个够,也可以无目的地参加一场艺术品拍卖会,即使没有看到心仪的作品,还可以在顶层甲板的温水池里泡着,听着一旁小舞台的现场歌手唱爵士乐,仰望着广阔的天空,任由时间流淌。

夜晚,两个小家伙玩累了,进入了甜蜜的梦乡。

我和先生偷偷溜到吧台去喝一杯。

酒吧一位男歌手正在深情地唱着《你不知道的事》:

你不知道我为什么离开你

我坚持不能说放任你哭泣

你的泪滴像倾盆大雨

碎了满地

在心里清晰……

在这海上的夜晚,歌声入心,令人听得徒增一丝感伤。这是今天最后一首歌。

歌曲结束,四周安静了下来。

大家轻声交谈,还有玻璃杯相碰的声音。

整层的服务员几乎都是东南亚人,说着英语,我和先生要了两杯啤酒。我用有限的英语和吧台的一位马来西亚籍服务员闲聊了起来。

她问我:"你们是夫妻吗?"

我说:"是的。"

"真好啊。"她说。

她又问我有孩子吗,我说有两个呢。

"我们是趁孩子睡觉偷偷溜下来喝一杯的。"我告诉她,她笑了起来。

这时我们旁边的位置坐下了一位客人,一看,原来是那位老先生的儿子。

我们向他微笑致意,因为之前的两次遇见,我们一下聊了起来,似乎很熟悉了。

互相问候后,我们得知他姓李,新加坡人。

虽然这艘邮轮的游客来自四面八方,但新加坡也有邮轮坐,为何要来广州坐呢?

我不禁问了他,八卦到底。

李先生如叙家常般告诉我们,这一趟他是专门陪他父亲来的。李先生在美国留学后,就定居美国了。

他的父母在新加坡,父亲几年前因摔倒不能走路,他的母亲一直悉心地照顾着父亲。不幸的是,母亲在一年前得病去世了。因此他父亲很悲痛,一直郁郁寡欢。

他的母亲祖籍广州,生前就想回来看看,可惜因为父亲行动不便就一直耽搁了。

这次，李先生专门从美国请假回国，带着父亲完成母亲的心愿，来广州看看，也带父亲坐邮轮散散心，这也是父母之前计划好的。

李先生很平静地讲着这些，就像在讲一个很平淡的故事。我和先生的心情却不能平静。

人真的要好好珍惜当下，有时有些事情再不去做就来不及了。

可能是因为这番感叹，我和先生忽然浪漫起来，想来一场浪漫的约会。

我们相约明天一早起床去顶层甲板看日出。

04

我怕睡过头，调了闹钟。

第二天我一觉醒来，一看表，已经快八点了，糟了，今天不是要去看日出吗？

一看先生，还在睡觉，还好，不是我一人爽约。

谁知道先生醒来，得意地拿手机给我看，我一看，是美不可言的日出照片。

他居然一早去看日出了！

先生说："是我把闹钟按掉了。"

"你，你……"我一时气急。

"我一早醒来，看到天空很多云，不知能不能看到日出，想着先去看看，有日出的话再打电话来叫你，谁知道日出就一瞬间的事，来不及打电话了。"先生说。

他还不忘来一句："你没看到太可惜了，实在美！"

"你，你……"恼火啊，不过嘴里虽然抱怨着，心里还是暖暖的，不叫你起床看日出是为了让你多睡一会。好吧，这就是老夫老妻的另一种浪漫吧。

虽然整个旅程我都没有看到日出，可也不觉得有多遗憾。

05

再美好的旅程，也有结束的时候。

最后一晚，邮轮举办音乐派对，让大家尽量着装亮丽，来一场夏日尾声的狂欢。

黄昏来临，十六层甲板的舞台已经准备就绪，DJ、主持人就位，乐队歌手也开始表演。

慢慢地，人越来越多，孩子们穿着亮丽多彩的衣服，梳着精心打理过的发型，有的脸上还贴着各种花样的贴纸。

大家跟着音乐跳起舞来，大人们拉着孩子，恋人们抱着跳，有些老太太也扭了起来，带着跳广场舞时的傲人气场。

刚刚从泳池上来的人们，也披着毛巾，加入了狂欢，响亮的音乐回荡在夏日黄昏的大海上空。

我和孩子们也加入了狂欢，孩子们笑着蹦着，屁股对屁股碰撞后发出哈哈的笑声。

跳累了，我靠在旁边的沙滩椅上休息，看到李先生和他父亲在不远处的人群边。李先生扶着轮椅的把手，他父亲戴着一顶米色小毡帽，我第一次看到老先生显得如此精神而有活力。

老先生坐在轮椅上，正摇摆着肩膀，跟随着音乐的节奏，舞动着他的手臂。

黄昏的天空已渐入夜色，只剩下几抹淡淡的彩霞在天际与海水相接的地方。

邮轮载着狂欢的人群，正在朝着回家的方向航行。

老先生的舞姿，给这深邃的海洋，增添了无穷的魅力。

一个拥抱，胜过千言万语

01

有一次儿子看到电视里恋人亲吻的镜头，问我们："爸爸妈妈也这样吗？"

我回答他："是啊，相爱的人都这样。"

"那现在亲一个。"儿子说。

"这是大人的隐私哦。"但为了表示情深，我们拥抱了一下。孩子们也跑过来，全家抱成一团。

才发现，我们很久没在孩子面前拥抱了。我们忙着自我成长，忙着学习育儿知识，唯独忘记了这种最简单的情感表达方式。

刚好五年级的女儿正在上探究课《如何表达你自己》，老师邀请我去给孩子们做个小分享，我决定就给孩子们讲讲关于拥抱的话题。

给孩子们讲之前，我问他们："你们经常和家里人拥抱吗？"

只有几个孩子说有，大部分的孩子都摇头。

"和家里人拥抱是什么感觉？"我问。

孩子们有的说温暖，有的说软软的，还有很多孩子说不知道。

我给孩子们讲了我先生和他父亲拥抱的故事。

02

　　先生的父亲是家里的权威。在先生心中，父亲是个严格、刻板、望子成龙的人，对孩子的教育尤其上心。

　　先生兄弟姐妹四个，他排行老幺，哥哥姐姐们都听话，学习也好，父亲对他们都很和蔼。偏偏先生最不听话，打架，成绩不好，是当时有名的"孩子王"，从小就没少挨父亲骂。

　　先生天不怕地不怕，就怕他的老爸，小时候挨骂后，就抱着家里的小狗偷偷地哭。

　　等先生慢慢长大，开始懂事了，他便想证明给他老爸看，他是可以的，于是先生高考时，发奋了一阵，终于考上了大学。

　　在广州上大学的第一个假期，先生想回家，当时通信没那么发达，先生就没有通知家里人，自己坐大巴回到家了。

　　那时候回一次家要七八个小时，回到家时，天色已黄昏。

　　全家见了先生回来，都惊喜地欢呼起来。

　　先生说："当时我爸爸看到我，从椅子上激动地站了起来，一个箭步冲了过来，忽然把我抱住，紧紧地搂着我，双手拍着我的肩膀说'小子，回来了！'。"

　　从小到大，这可是先生和父亲的第一个拥抱啊。先生当时眼眶就红了。

　　这是迟来的父亲的拥抱，还有父亲的味道。仅仅这一个拥抱，所有小时候的委屈，对父亲威严的反感，都在那一刻和解了。

先生说，以前总觉得他父亲不爱他，现在才知道天下哪有不爱自己孩子的人，只是父母有时不知如何表达罢了。

03

先生和他父亲的第二次拥抱，是在他父亲弥留之际，说是拥抱，其实是先生抱着他父亲。

先生的父亲是因病过世的。在医院，当医生宣告无能为力后，大家决定接他回家。

在回家的车上，先生抱着他父亲，泪流满面。他说，此时的父亲很小很轻，像个小孩一样。

先生多想父亲还是大家心目中高高在上的样子，那个说话大家都不敢不听的父亲，哪怕对他多严厉都无所谓，只要父亲还能活着。

几天后，家公过世了，这便成了最后一次的拥抱，从此天人永隔。

树欲静而风不止，子欲养而亲不待。这是先生心中永远的遗憾。

跟孩子们分享完先生的故事，我说："孩子们，我们有爱就要说出来，就要表达出来。我们需要爸爸妈妈的爱，爸爸妈妈其实也需要我们的表白，我们以后多主动和家人拥抱吧。"

孩子们听得很专注，应该听懂了。

04

那天晚上,女儿缠着我,要我陪她睡,我抱着她,发觉随着她一年年长大,我抱她的次数却越来越少了。

这一夜,我像她小时候哄她入睡时一样,给她讲故事,轻拍她的背,她也告诉了我很多之前没听她讲过的秘密,原来还有这个好处啊。

多少的说教,都比不过一个拥抱所带来的亲密沟通。

如今作为父母的我们,不缺乏获得育儿知识的来源,不缺乏培养孩子的责任心,不缺乏对孩子的关爱。

我们在他们小的时候抱着他们,爱不释手,但随着孩子的一天天长大,我们急于把自己的经验传授给他们,急于为他们指一条未来之路,反而越来越少有肌肤之亲了。或许我们觉得他们长大了,不需要拥抱了,其实,无论什么年纪,包括爱人、父母、孩子,我们都需要拥抱,都会感受到拥抱的温暖和爱的能量。

如果你很久没拥抱你的亲人,那么从今天开始这个简单的动作吧。

如果你不习惯,也没关系,可以是一个赞赏的眼神,一次心领神会的击掌,一个小小的点头理解。

这些,都胜过千言万语的说教。

我的家婆许校长

中秋节前几天,家婆走了,永远离开了我们,享年82岁。

家婆走得突然,但没有痛苦,大家都说这是她平日吃斋积善的福报。

儿子看着伤心的先生说:"爸爸以后就没有妈妈了。"这是世界上最悲伤的一句话,无论在什么年纪。

人走了,所有用来表达的文字都是苍白的,在此,就用苍白的文字记录下家婆留给我们的回忆吧。

01

初见家婆,我怎么也无法把她和校长身份联系在一起。

只见家婆满脸的褶皱、粗糙的双手,乍一看,就是一个被岁月磨砺过、干过粗活的女人。和家公站在一起,感觉年纪比家公大很多,唯有一对轮廓漂亮、耳垂饱满的大耳朵格外明显。

她一开口,声音洪亮有力,经常满脸笑容,把"请""麻烦""多谢"

挂在嘴边，又似乎能让人看到那么一点当过校长的影子。

从我先生口中陆陆续续了解了一些关于家婆的往事，她中专师范毕业后，来到家公住的小镇当老师，当时家公是校长，两人经人撮合结婚。

后来孩子们陆续出生，家公也调到县城教育局工作，家婆带着几个小的孩子在小镇生活。家公带着大儿子在县城里，一星期回一次小镇，路程骑单车大约需要一小时。

家里的粗活就落在了家婆身上。

家婆除了教书外，所有的时间都用来干活，她喂出的猪是全镇最大的，她每天收集石头准备建新房子，就这样，慢慢地，省吃俭用，先生家成为当时在镇里最早建新房子的人家。

那是一砖一瓦辛苦建成的房子，家婆一人可以说占了一大半功劳。也因为这样，家婆的双手和脸庞才变得如此粗糙和沧桑。

20世纪80年代末，家婆也调到县城的小学当老师，还当上了这所小学的副校长。

不过，几年后就退休了，虽然时间不长，但毕竟当过校长，至今，人们都还称她为许校长。

直到有一天，我在先生家的旧居看到了家婆年轻时的照片，和后来看到的家婆简直判若两人，只见照片中的家婆微笑着，梳着两条粗黑的大辫子，一双水灵灵的大眼睛，原来家婆年轻时是个大美人。

一个被时代和岁月埋没的美人呐。

02

一直以来只会干粗活的家婆，所有的细致活一概不会，连缝个扣子都不会，更别提做家乡特有的点心之类的东西。这和她的教师身份有点格格不入，老师总是给人一种耐心和细心的感觉，但在家婆身上是没有这感觉的。

不过家婆从没因为自己不会细活而不好意思，还很大方地请别人帮忙缝扣子，和别人说自己手笨，从小就不会做这些……

听先生讲，逢年过节，准备供品这些细活都是乡下亲戚的女人们帮忙做的。但如今过节，虽还是保持着祭拜的传统，但因为定居广州，就没有家乡的亲戚帮忙了。

于是家婆会提前好几天准备鸡、鸭、鹅、水果等供品。她每天要亲自跑几次菜市场。到过节当天，她一脸倦容，却还是没准备好，缺这缺那的。先生兄妹几个看着心疼，劝她几句，她很不乐意，有时会变成一场争吵。即使如此，每到过节，我们还是会看到她肩膀微斜、有点驼背的身影，一天几次往返于市场和小区之间。

如此没效率的家婆，真的和许校长这个称呼很不相符。

也时不时听先生他们对家婆颇有微词，说起小时候无论摔倒或生病了，家婆都没有如一个母亲般温柔地安慰过他们，也从没嘘寒问暖过，反而是家公对孩子们照顾有加。

但许校长只是不擅长言语表达而已，在家公去世前的几年里，她每天忙碌，悉心照顾，家公发脾气也是忍耐着，直至家公去世。

对她来说，忙忙碌碌就是在表达对家人最大的关爱吧。

03

家公去世后，已经八十出头的家婆，一如既往地忙碌着，忙着在偌大的花园种菜、种花、养鱼、养乌龟。

本来这些事对一个老年人来说，是最适合、最好的晚年活动了，但这些事搁在家婆这里，却是一种"责任"。

她把这些事当作建房子一样，有时边做边埋怨太累。

嘴上虽嫌烦，却每日细心地照料她的花草，外出吃饭，必定要把吃不完的肉打包回来给乌龟吃。

种花也是这样，家婆不是为美而种，她只是觉得种花是一种责任和习惯。

她有一种化美为丑的能力，比如她看到长得漂亮的姜花，会摘来插在一个空的饮料瓶上，难看的瓶子瞬间毁灭了姜花的美丽。

但她在插花的一刹那，那个有一双人眼睛，梳着两条粗辫子的美丽姑娘仿佛重现了，只不过稍纵即逝。

她每天都在花园里鼓捣很久，翻土、施肥、杀虫，一样不漏，不管多漂亮的盆栽，她都当蔬菜来种。

为了保护盆栽的小枝芽，不让它们折断，她用不知从哪里拼凑来的绳子将其五花大绑，把一盆漂亮的盆栽变得很丑。她经常从花园里

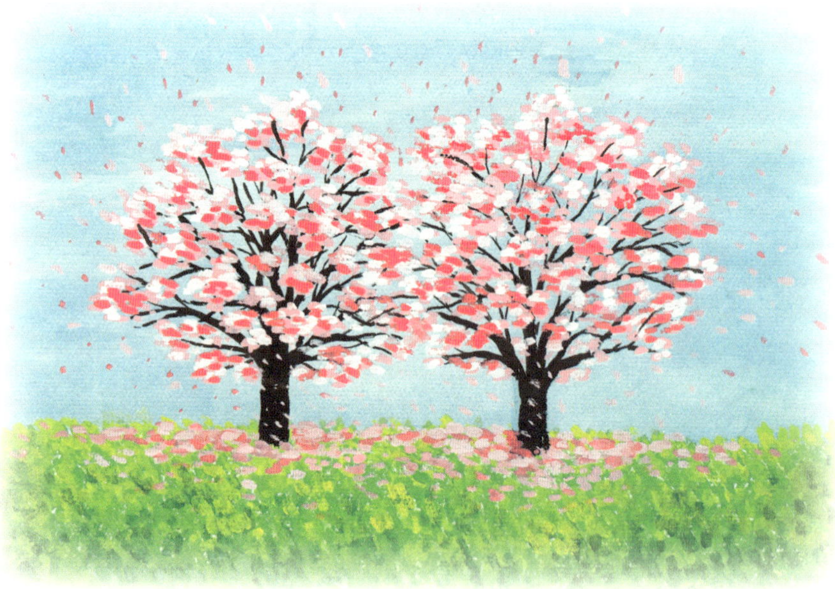

摘几个丑丑的番茄来给孩子们,虽然孩子们不是很喜欢,但她还是乐此不疲。

神奇的是,她所种的植物无一不生机盎然、欣欣向荣,唯一的缺点,就是不美。

反观我们这些嫌弃家婆审美的人,家里除了容易存活的万年青、虎皮兰之类的植物,其他植物几乎全军覆没。

什么叫活在当下,那就是一丝不苟地做好当下的事,家婆用行动告诉了我们这一点。

04

家婆虽然粗枝大叶,不会干细活,但她有自己的处事方法,人缘相当不错。

家婆坚持每日晨起运动,久之交了几个关系不错的运动友。

自从有了这些运动友后,每逢节日,运动友们会来帮家婆做精致的家乡点心——一种我们称之为"粿"的食物,作为祭拜物品。

粿的制作工序复杂,不是熟手做不出来,家婆的这些运动友都乐意帮她。做完,家婆将粿分给我们几家,孩子们喜欢吃,也感受到了节日的氛围,而家婆每当有什么特产,也总会送给她的运动友们一份。

家婆曾和初中同学聚会,一起去爬白云山。

一群七八十岁的老人去爬山聚会,甚是壮观。

我们送她去她老师家里做客，虽然从相貌来看，她和老师的年龄差距不大，但她敬老师如长辈，仿佛自己还是那年少的学生。

那一刻，我感觉她还是那张照片里扎着两条粗黑辫子的美丽女孩。

除夕夜，最忙碌的也是家婆。

除夕夜，屋里电视声、孩子玩闹声，都盖不住家婆响亮有力的声音。

因为家婆一直没有学会用手机。

她经常把手机反过来拿，或者把手机抬得老高，听不到别人说话，便自己说得很大声，生怕别人也听不到。

她的电话不断地响起，都是向她问好的世交或故人的孩子打来拜年的。

新年信号不畅，她便越发提高嗓门，我们听着她洪亮的声音和哈哈的笑声，混着春晚的音乐，感到年味格外浓。

05

基于家婆平日糊涂的行为，比如永远学不会打电话，说着一口混杂潮汕方言的普通话，真看不出她是当过校长的人。

但偶尔在生活中还是会显现出一些痕迹来，比如她很喜欢留言。

我们几家人的房子全部买在同一个小区，她有各儿女家的钥匙，她到我们家里如果看到没人，便会放一张纸条，写下有错别字的、啰唆的留言，用来留言的纸不是从哪里拾到的废纸就是日历的一角。

她还为孩子们设立了奖学金，她最喜欢对孩子们说，你们爷爷最喜欢会读书的孩子了，要好好读书，认真学习。

每次期末考试后，她就来催孩子们上交卷子和分数，以及一学期的综合表现，除了主科，副科也有奖励。

她拿去卷子后，细细地用一个本子登记，为孩子们写评语，表扬孩子们的优点，批评不足的地方。然后再来个表彰大会，发表"校长讲话"。

但我们反对她的这个做法，因为孩子们的年龄、级别不同，没有可比性，也会打击成绩不好的孩子的自信心。

于是近年来，表彰大会没有了，她慢慢也改成对所有的孩子都奖励，考得好的奖得多，考得差些的递减，目的是鼓励每个孩子。

06

家婆走路急，曾经摔过一跤，骨折了，在医院做了手术，手术很成功。虽然康复了，但从此走路肩膀有点斜，可她还是依旧风风火火地忙碌着。

康复两年后，家婆又摔了一跤，老地方又骨折了，又手术了一次，需要坐轮椅，还要进行康复治疗。

康复期间她也是停不下来，什么事都要自己撑着站起来做，但毕竟上了年纪，恢复不如几年前快。

大家怀念她之前那风风火火的样子，那个走路敏捷，微斜着肩膀，不听劝的老太太很久没见到了。

她坐着轮椅，做康复训练时，要用拐杖辅助，每一步都要慢慢地挪动，非常吃力。

去她那里，听到保姆在抱怨家婆每件事都要提前好几天做，不听劝，家婆声音响亮又生气地回答："就是因为我走得慢，才要提前做！"

我们不禁笑了起来，家婆依旧是那个声音响亮，做事固执的老太太。

可惜家婆走了，我们再也听不到这响亮的声音了，最遗憾的是本来过几天就是中秋，但没能一起过，之后每个中秋节，月亮虽依旧高挂，我们和她却是天人永隔。

家婆一辈子勤勤恳恳，活在当下，她把认真对待每个当下的精神留给了子孙，如同她一手种植的满园花果，虽不是很美观，却呈现出一股不认输的、旺盛的生命力，这种生命力潜移默化地影响着晚辈。

许校长，一个曾经美过的平凡女子，一生跟随着时代的足迹，就像森林里一棵默默无闻的大树，扎根于土地，开枝散叶，迎着阳光和风，无声地奉献她的养分。

愿在另一个世界里，家婆做一个手持鲜花、自由自在的美丽女子。

一杯工夫茶

01

工夫茶真是一样宝藏般的好东西。

我曾在写我妈妈的一篇文章里,写过这样一段:

奶奶那时还在,我印象中阳光美好,空气清新,下午的风轻轻地吹过麦田,老妈在缝制衣服,缝纫机的声音一阵阵的,像催眠曲。奶奶的下午茶时间到,她开始沏茶,然后用杯子互相碰一碰,老妈听到清脆的茶杯声后,便会放下衣服,过来和奶奶一起喝茶。在乡下,婆媳两人有这般光景,实在难得。

一杯工夫茶,就这样拉近了婆媳关系。

我经常在想,有什么其他东西可以代替工夫茶?似乎没有比它更妙的东西了。

虽说茶三酒四,但工夫茶从冲泡到分杯,人可多可少,只增减杯的数量即可。

它自带一股凝聚的力量,大家围着它而坐,看着它从白开水变成橙黄色,闻着它袅袅升腾的香气,聆听杯与杯互相轻轻碰撞的声音,人们在用五官感知它的同时,心情会变得万分愉悦,说起话来自然放松而亲近了。

02

爸爸和我有很多话聊，和弟弟们在一起时却是少言的，我发现，男人们在一起，只有茶能令他们话多起来。

比如年初，爸爸会在家族群里发几张照片，说今年某山某人种的新采摘的春茶已收到，他正在品茶中。这时，我先生和弟弟们便会出来问味道如何，今年收成如何，有没有去年好喝，不错的话买多些备着，到时给谁也送些去。

似乎一聊到茶，男人们就有了共同感兴趣的话题。

爸爸是一整天茶不离手的人，每日起床，会泡一杯热热的大红袍空腹喝。

而我和爸爸在一起有聊不完的话，我们每次聊天，几乎都是围在工夫茶旁边聊的。

我只要坐在他旁边，便有源源不断的茶喝，我们吟诗，讲八卦，聊以前的趣事，边喝边聊，从铁观音到凤凰水仙、单枞，一天可以喝上好几种不同口味的茶。

下午时分，爸爸坐在他的泡茶专座上，拿出他的"琴"，一种潮汕常见的乐器，只有两条弦，弹法和声音都类似琵琶，但又比琵琶单调很多，爸爸随意拨弄，弹几首潮剧曲子，嘴上哼几句什么《井边会》的台词，令人昏昏欲睡。

这时，爸爸渴了，随手拿起一杯已冷却的茶，他一口饮尽，觉得不过瘾，于是放下"琴"，开始煮水，把茶壶里的旧茶叶倒掉，在茶几下面的格子里仔细挑选出一罐茶叶,开始了新的一轮沏茶。

听到茶杯声,我们便又三三两两围坐了过来,昏昏欲睡的下午,因为有了这杯茶,大家开始七嘴八舌聊起来,家里一下子又热闹起来。

这便是我们假期团聚在一起时某个平凡的一天的情景。

回想起来,两年多一家人没这样聚在一起,这平凡的光景居然令我无比怀念和惆怅。

03

在我从小到大的记忆里,男人在泡茶方面似乎更有耐心些,后来我渐渐悟出,这是他们为了逃避烦琐家务事进化而来的。

比如女人们在厨房忙碌时,男人们为了有事干,便开始泡茶。这时,他们会很殷勤地多加一杯,支使孩子:"去,拿杯茶给你妈妈喝。"

我自小便最擅长干这事,我给外婆送过茶,给妈妈送过茶,在厨房忙碌的女人们,腾出左手接过这杯茶,美美地喝下去,炒出来的菜似乎更可口了些。

等到我结婚后,我在厨房忙碌时,运茶这任务落在女儿和儿子身上了,儿子次数居多,经常听到先生对他说:"去,拿杯茶给你妈喝。"

这杯从客厅运至厨房的热茶,对小孩子来说,路途遥远,运送过程险阻重重,有时到厨房时,已洒得差不多了。后来先生将工夫茶的小杯子换成大杯,一次可以喝个够,看来,男人这种生物,为了偷懒,智商也是在不断提高的。

所以,我可以无理由地相信,潮汕的男人们,就是因为有更多时间琢磨茶的味道,慢慢地,他们对茶就拥有一种掌控权了,这也是为什么每家的泡茶主位基本上都是男人的原因。

04

我虽然从小就被工夫茶文化耳濡目染,但对茶道却还是不甚了解。因为在潮汕地区,工夫茶是家家户户都有的,大部分人家对茶具其实没太大的讲究,煮茶的水也是平时的饮用水,茶具一般是批量生产的套装。

如果把工夫茶比喻成音乐,我觉得它更像是通俗音乐,每人都会哼上几首。它更加接近生活,浅显易懂,它更多的作用是在大家互相串门时,营造会客的轻松气氛。

如今也有好些人讲究了起来,家里装修了独立的茶室,收藏不同材质的珍贵茶壶,使用上好的木材或石头精工细雕的茶盘。

有一次,我随先生和几个友人到白云山顶上一家私人茶馆喝茶,我们穿过几条幽深的小径到了一个复古的小院子,这里便是茶馆。我们席地而坐,听着古曲,品着上好的茶,四周环境宁静,令人说话的音量不禁低了下来。

不禁想起《红楼梦》中妙玉请黛玉和宝钗喝茶的情景，可以说妙玉的这场煮茶待客是茶界千载难逢的至高境界。

在妙玉的心里，茶是绝对不能沾上一点点俗气的。

当时贾母带一众人游大观园，来到妙玉所在的栊翠庵，妙玉煮茶招待贾母众人后，单独拉上黛玉和宝钗喝起体己茶，宝玉也跟来蹭茶喝。

妙玉拿出罕见珍贵的杯子，用了五年前珍藏至今的雪水，林黛玉没喝出来，问："这也是旧年的雨水？"妙玉便说她，"你这么个人，竟是大俗人，连水也尝不出来。这是五年前我在玄墓蟠香寺住着，收的梅花上的雪。"

茶于妙玉，已入仙气，是不容有一丝杂质的。宝玉一句"到了你这里，自然把那金玉珠宝一概贬为俗器了"，令妙玉非常受用，顿时视宝玉为知音，心起涟漪。但也可见妙玉未能脱去俗人之心，这和其脱俗的茶道是很矛盾的事。

如今想起妙玉煮茶这一幕，不知怎么，觉得妙玉虽用了极好的雪、茶叶、茶具，但她的心却是非常孤冷寂寞的，心中不免遗憾及伤感起来。

想至此处，在茶馆喝的茶，尽管质量上乘，也没有了心情。

05

比起去茶馆喝茶，我更喜欢的是在周末，约上几个好友，和孩子们爬山踏青，带上一套简易的工夫茶茶具和装满开水的保温壶。我们坐在草地上,泡着茶,看身边孩子们嬉戏,微风轻轻吹拂,一杯热茶慢慢喝下去,无比自在惬意。

与妙玉煮茶的境界对比,工夫茶是庸俗的,但这俗里,是唾手可得的烟火气。

记得我外公外婆喝了大半辈子工夫茶,他们晚年时,已经不与大家一起喝那种小杯,改成两个专用的带把手的大玻璃杯。每日餐后或午睡起床,他们都会帮彼此泡上一杯热气腾腾的茶,他们节奏同步,心意相通,比起工夫茶的仪式感,规律的生活作息,简单的生活对他们来说更重要。

蔡澜先生说到茶道,他说喝茶形式上要简洁,但心境和情趣却可以灿烂;真情流露,就有禅味。有禅味,道即生,喝茶,就是这么简单。简单,就是道。

随心随意,大道至简,便是幸福。

味道，是一种爱的传承

01

今天，老妈在微信上发来了她刚做好的拿手炒饭照片来诱惑我们。

这道炒饭的全名叫蒜叶鲜虾肉末炒饭，是我家的经典菜，这道炒饭看似简单，做起来却不容易，比做一桌菜还费时间。

这道炒饭从主料到配料都很讲究：米饭的干湿度要刚刚好，最好提前将米饭煮好、放凉，因为炒出来的米饭要每一粒都是独立的，但又不能吃起来太硬。

蒜叶一定要是家乡的本地蒜叶，才有"蒜"味，这是多年得出的经验。虾要买当天新鲜出海捕的海虾，不要太大也不能太小，才够"虾"味。猪肉要瘦中带肥的，炒出来才够香，肥肉还可以另取些出来炸猪油，因为这道炒饭用猪油来炒更美味。

将这些食材准备好，一一剁碎。如何炒，顺序也很有讲究，这里就不一一透露，因为我爸妈说，这是祖传秘方，不可外传。

单凭想象，就很有《舌尖上的中国》的既视感。

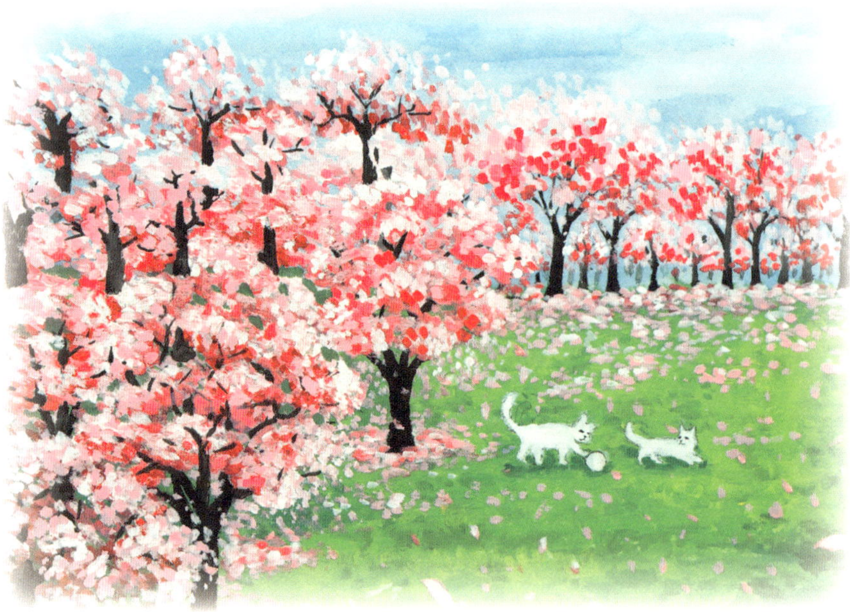

02

这个炒饭要追溯到我爷爷,爷爷当年去外地发展,后来因为发展不顺利返回了家乡。

回到家乡的爷爷变成一个"吃货",手上但凡有一点钱,便会拿去研究吃食。按如今的说法,就是活在当下,不去考虑太多未来的事。

爷爷最喜欢、最拿手的便是这个蒜叶鲜虾肉末炒饭,当时食材虽没那么讲究,但炒出来可是香飘十里,每次炒完,都会引来一群孙辈围着吃。

这个炒饭可以说是爷爷一生最有名气的拿手菜。

爷爷去世早,我当时太小没有记忆,但通过爸爸的叙述,我能想象爷爷做炒饭时的那个场面,肯定很热闹。

爸爸学会了爷爷的炒饭做法,材料也要用当初那种原始的品种。后来老妈也学会了,两人便都争当爷爷炒饭的正宗继承人,而我们只要卖下口乖,当一当墙头草,两边都夸,便能吃到他们互相抢着做的炒饭。

如今小孩们一回老家,便吵着要吃这个炒饭。老妈因为这个炒饭,成功营造了一种情结,叫作"婆婆的味道"。

而这个炒饭对老爸而言,也肯定带有一种"爸爸的味道"的情结在里面吧。

03

香港美食家蔡澜先生曾经在《死前必食》里面列出了很多种美食，猪油拌饭也在其中。他写："谷类之中，白米最佳，一碗猪油捞饭，吃了感激流泪。在穷困的年代中，那碗东西是我们的山珍海味。"

蔡澜先生说，在他以前的那个时代，非常穷困，对于他来说，猪油拌饭总是能够引起他的很多感慨和回忆，这种感觉，是后来的孩子们没办法体会的。

他在《暖食》的封面上写道："舌尖美味重在感觉，人间至味其实就藏在你我的心里——那是用心炒的一碗蛋炒饭，用心煮的一碗面，用心熬的一锅汤……"

是的，有些味道，不是因为它很美味，而是因为它很难忘。在磨难和苦痛中，那个简单的味道就是仅有的一丝快乐的源泉和追求，那时，幸福就是这么简单。

我们身上，都会不知不觉带有原生家庭的影子，在饮食及其他生活习惯上其实都有我们先人的身影。

味道，是教会孩子寻根、感恩的最直接的方式。

味道，也是一种爱的传承。

守望

如果,你正处于寒冬困境中,千万不要放弃希望,因为春天就要来了。

生娃记

01

我怀女儿的时候,简直是紧张过度。我完全没有经验,全靠育儿书,但是越看越紧张。

莫扎特音乐胎教是每日标配,还要不停对着肚皮说话。除此之外坚持写毛笔字是修心,孕妇瑜伽是修身,每日起大名、想乳名是练脑。

总之全方位胎教,一样都没有落下。

估计女儿在肚子里太舒服了,迟迟不肯出来,过了预产期两周,才不情愿地呱呱坠地。

听说顺产的婴儿肺功能好,我本着一定要顺产的信念,决心等到女儿自然发动。我生女儿那天,凌晨入院,在医院坚持了一天,到晚上,女儿还是没有出来的迹象。医生问我还坚持顺产吗?我说是的。但这时羊水质量已经开始下降,医生调快了催产素点滴,痛感一下从二级上升到七级,痛得我死去活来,我妈在一边太心疼,正要不顾我反对,叫医生给我剖腹产,医生说可以进产房开始生了。

进产房后,我不断吸雾气,雾气里有麻药,吸一下能缓和几秒,但女儿这懒家伙还是不肯自己用一点力气,头一直不肯往下降。我迷糊之中,听到助产师说胎儿心跳太弱了,快测不到了,然后感觉几个助产姐姐和我先生,在我两侧不断推按我肚子。医生说要用吸盘,快来不及了,于是跟我先生说了一下,先生一点头,很快,我就感觉女儿出来了。

女儿出来过了一会才发出哭声,所有人一下都松了一口气。先生扭过头,强忍着泪水,又转过头紧握着我的手,硬挤出一个极其难看的笑容,他眼睛充满了红血丝,刚才为了让我出力,他自己不知不觉中也一直在出力。

我被推出产房后,我妈跑上来抓着我的手,红着眼圈什么话也说不出来。看到我妈,我本来要说,妈,你当时生我也是这么痛吧。但开口的第一句话是,我以后绝不让我女儿生孩子了。

女儿虽然比预产期晚出来,但个头不大,出生时只有六斤,看着小小的她,我们是含在嘴里怕化了,捧在手心怕摔了,她稍微哭一下,我们便紧张得手忙脚乱,先生把自己熟悉的人都问遍了,还是忍不住紧张。好在家里的菲佣姐姐有经验,她带过我弟的孩子,喂奶、换尿片、拍嗝等,她都很熟练,我们才不至于很慌张。

02

在混乱无序的育儿中,女儿养成了要抱睡的习惯。当时我们看了很多书,受亲密法的影响,要无条件满足孩子需求,于是,我和先生变成女儿奴,有时轮流抱着,一宿不睡。先生初为人父,也是热情高涨、换尿片、拍嗝、哄睡都是亲力亲为，秒变一位慈父。

转眼女儿七个月，忽然发烧，我和先生又手忙脚乱起来。尽管周围人告诉我们，这是正常的，先观察，别急用药，物理降温。我们还是紧张得要死，不断量体温、冷水敷头，又不敢一直用酒精降温。到了半夜，女儿还是烧到了39度，我实在受不了心里七上八下的折磨，决定去医院看急诊。医生只轻描淡写、寥寥几句，大约是说没事，如放心不下就给吊个针。我们一下不知怎么办，便让吊针了，吊完针，回家的路上，女儿已经退烧了，还出了一身汗。

第二天，我在孩子下颚摸到两颗小牙，原来是长牙引起的发烧，虚惊一场，想起昨晚的折腾，又累又心疼孩子，父母的过度紧张，受苦的是孩子。

03

在育儿的摸索中，我们终于淡定了一些。

比起在女儿身上发生的无数次做父母的第一次，儿子的养育过程，简直可以用粗糙来形容。

怀儿子的时候，没有胎教，没有练字，没有瑜伽，没有起名这些待遇了，因为这时女儿一岁半，时间都用在她的早教上了。

也因为怀的是二胎，完全没有一胎的小心翼翼。女儿洗澡我坚持亲力亲为，直到差点引起胎动流产我才让阿姨代劳。

我安慰自己，给女儿读绘本，陪女儿上早教，也是顺便对肚子里的小宝早教啊。这时女儿因为习惯了认人，不要其他人带，连洗澡喂饭，都只要我和先生，似乎知道有人就要夺走她一半地盘，正在严防死守之中。

在陪女儿的时光中，不知不觉儿子快出生了，这次我不慌，也没像之前那么早来香港待产。谁知道，儿子不像女儿，我们刚到香港第一天，他就出生了，比预产期提前了两周。

有了生女儿的经历，很多人劝我不必执着顺产，但我还是坚持，不过想起第一胎经历，也没那么坚决了。

但这次儿子出生，快得出乎意料。进产房，医生还没来时，我和先生故作淡定，谈笑风生，先生为了缓和他自己紧张的心情，还把我的巧克力给吃了……

然后阵痛开始频密，我有前车之鉴，这次不敢一下用力过猛，怕后面没力气了。谁知道儿子比我心急，医生们刚准备妥当，儿子就出来了，再晚一步，都不需要医生了……

好吧，每个孩子都有自己的个性，我已经亲自确认过了。

04

儿子的养育过程，和女儿的相比是天翻地覆的不一样。

生儿子之前，我和先生已经商量好生二胎后，对女儿的养育分工，他的任务是集中精力在女儿的陪伴上，别让女儿觉得自己被忽略了。我曾经看到一篇文章，说二胎对大宝来说无异于是一个重大的打击，试想一下，你深爱的人又有别人了，你是不是痛不欲生？大宝面对弟弟妹妹的出生，也会有这样的感觉。

虽然我在家里也是老大，没有这样的经历和创伤，但现在时代不同，女儿是被捧在手心里长大的，一下要接受另一个孩子夺走一半属于她的爱，这个伤痛可能会很强烈。

于是，儿子的出生，注定就没有女儿的待遇了。先生主要陪女儿，父亲新手期的热情也已过去，很少亲自为儿子换尿布、拍嗝了。

也是因为有第一胎的经验，令我们已经不再事事紧张。

儿子发烧，基本已经能临危不乱，淡定应付了。我手一摸，连温度都能估测准确。也基本能够判断是否是细菌或病毒感染，如是普通感冒，那只需多喝水，留心观察，基本可以自愈。

想起女儿幼时的兵荒马乱，感觉自己已经混成了高级育儿师了。

05

儿子的成长也是比较粗糙的。

因为赶上女儿人生几个节点，比如上幼稚园，最需要父母的陪伴，这时儿子正在牙牙学语，我只能优先陪女儿，把儿子让给家里的工人姐姐带。女儿上一年级，也是一个重要的节点，小升初，更是转折点和抉择点，儿子只能退而求其次跟随女儿。为了给女儿创造更合适的学习条件，我们决定带她来香港念初中，这时候，儿子只能跟他喜欢的小学告别，也一起来香港读小学。

相比女儿，儿子可能要付出更多的时间去适应环境，但也只能这样安排。

不能得到更多、更深度的陪伴，这就是家里弟弟妹妹的命运，但反过来，这也锻炼了孩子的适应力、独立性及求生欲。

每一个人的角色，都有他的安排和意义，作为二胎父母，我只能说，孩子，爸爸妈妈也在学习中，还请多多体谅，也请多多指教。

坐月子记

01

我的两次月子都坐得"兵荒马乱"。

两个孩子都在香港出生,坐月子时我住在爸妈家,我爸妈那时生意特别忙,很多时候要在老家厂里待着。

生女儿时,由于需要照料的时间短,一时很难找到月嫂。

我小弟的第一个孩子比我女儿大一岁,家里请了菲佣带孩子,刚好那段时间他岳母能来帮他,小弟便把他家菲佣"借"给我。

香港的菲佣(也有很多印佣)是得力的家庭帮手,因为相关的雇佣制度完善,工人训练有素,对为孩子自小营造良好的英语学习环境也有帮助,很多家庭都乐意请她们,也已离不开她们。大家习惯称呼菲佣为工人姐姐。

弟弟家的这个工人姐姐已经请了两年了,我们叫她阿 D,阿 D 二十多岁,有两个孩子,长得黑黑瘦瘦的,但五官端正。

我提前一个月来香港待产,这个月基本就我和阿 D 两个人在一起,那真是我"卸货"前最后的幸福自由时光啊。

那段时间,我追了几部剧,印象最深的是佟大为和江一燕主演的《我们无法安放的青春》,看到结局时流下了不少缅怀青春的泪水。

其间还听了很多爵士音乐，那是我成为母亲前最后一段狂欢的日子。

期间，阿 D 出了一点小失误，她把我家婆辛辛苦苦为我提前准备的姜醋猪手给煮焦了，这东西听说越早准备越入味，也越有功效，家婆老早就准备好了让我带来香港。因怕放坏，每周或每两周需要小火煲滚一次。阿 D 不懂，火开太大，给煮糊了。我家婆的心血呀！但看她满脸愧疚，她可能也不懂这东西是什么，我也不好怎么说她。

除了这个令人心痛的意外，阿 D 在其他方面的表现都太让人满意了。比起我平时请的阿姨，菲佣更训练有素，做事有条理。我们用简单的英语交流，她每天给我做三餐，自己则另备简单的饭菜在厨房吃。我让她一起吃，看她反而不是很自在，便不勉强她。除了打扫卫生，她大部分时间都在厨房或房间，似乎隐形人一样，我的生活完全没受任何干扰。

这样的日子，我和阿 D 过了一个月。过了预产期好几天，女儿终于懒洋洋地出生了，从此开始我一地鸡毛蒜皮的母亲生涯。

因为是顺产，我前后只需住三天院便可出院回家。我和阿 D 之前的两人宁静时光结束了，迎来了乱糟糟的月子生活。

我初次当妈，虽然也有心理准备，但实际操作起来才知道多难。这时的阿 D 简直是天使一样的存在，她在冲奶粉、消毒奶瓶、换尿布、给孩子洗澡等事情上是一流的熟手，对如何给孩子做保健、如何让孩子保持漂亮的头型、如何拍嗝，都非常有经验，女儿作为新生儿，皮肤干爽又健康，从没出现湿疹和痱子。

但有一个最大的问题，阿 D 不太会做饭和煲汤，而且她还要照顾孩子，没有做饭的时间。我妈在我生产当天匆忙赶来，但是那段时

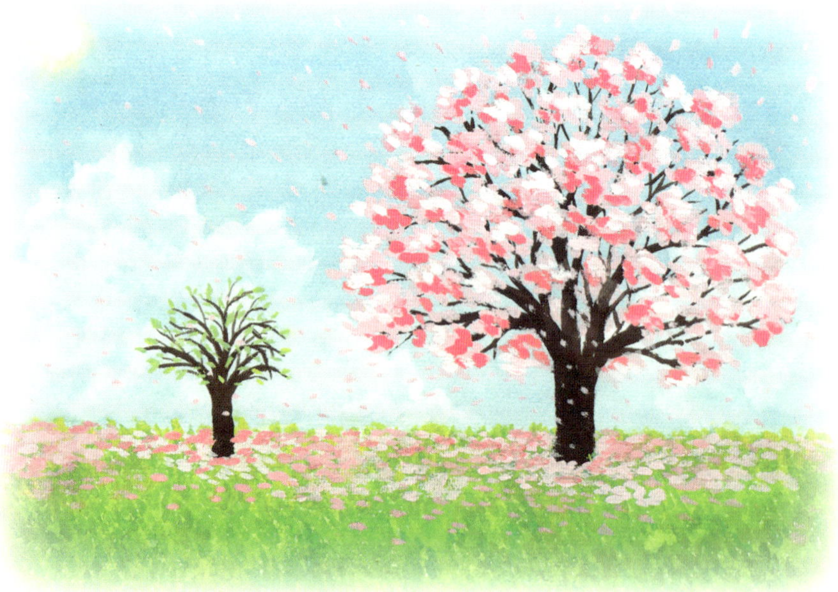

间订单多，我出院两天后她就赶回厂里了。

于是，我先生成了做月子餐的主力，阿 D 打下手。问题是，从没下厨经验的先生完全不知从哪里开始。

先生把所有精力放在炖汤上，在他道听途说的知识中，女人坐月子一定要补好身子。于是他准备好各种补材，还托人买来新鲜的深海鱼胶，据说含有比干鱼胶更多的优质高蛋白，对产后修复特别好。

为了保证三餐有汤喝，他用了四个汤煲（完全没有夸张），客厅两个，厨房两个。一个炖鱼胶，一个炖虫草鸡汤，一个炖燕窝，一个炖我不认识的东西，于是我每日只有源源不断的汤喝。如果问他，"我们这餐吃什么菜啊"，他会"呀"的一声拍拍脑门，"糟糕！还没叫阿 D 煮饭！"或是"糟糕！还没买菜！"

我哭笑不得，我只是想在饭点好好吃顿饭啊，只要几个家常菜，比如来一盘鲜美的白切鸡，一碗浓郁的鱼头豆腐汤，该多美味啊。可是，先生大部分时间在他的汤水中流连忘返，精心烹煮他的高汤和沉浸在他自以为是的爱意中。

记得有一天，他出去了很久，原来是去旺角花市买了一大束玫瑰花回来。我当时正在啃一个三明治垫肚子，以为他会带来某大餐厅的美味佳肴，看到他风尘仆仆地捧着那一大束花，我只想把它扔出门去。

男人这种生物，比女人更喜欢活在云端，一点都不落地。

屈指一算这个月子里，能保证正常饭点吃上饭的，是我妈中间回来的几天，以及有时我弟买菜过来，给我们做了几顿美味的大餐。

我第一次坐月子，就在这样混乱、经常三餐不准时、但又从早到晚喝了无数"补汤"、在初为人母的喜悦和热情中愉快地度过了。

好在有阿 D，保证了女儿的正常生活，把女儿照顾得白白胖胖、香香软软的，不至于被我们这对新手父母饿坏或带偏了。

坐完月子，我们便带着女儿回广州，这时我已经习惯了阿 D 的帮忙，可惜不能带她一起回广州。不过她教了我如何更好地照顾婴儿，我回来后又教给阿姨，让我之后省了不少工夫。

02

第二次坐月子，是两年半后，儿子出生，这次可以用大阵仗来形容。

当时，阿 D 家中有事回国了。我弟又请了一个印佣，但一直不甚满意，听说有时会偷东西，最后还被我弟媳抓了正着，但我弟他们没起诉她，只解雇了，这是后话。可见菲佣和印佣里也有令人不满意和人品不好的，这应该是每个地方请工人的共同点。

不过这次我有前车之鉴，提前做了规划。

我提前几个月约了一个月嫂，这个月嫂是广东人，会粤语，有往来香港的临时通行证，长得白净，说话慢慢的，很轻柔，给人第一印象很好。我跟她约好，我先回港待产，哪一天生了，她当天马上来香港。

我担心这次也会超过预产期才生，为了照顾女儿，不离开她太久，我决定把她带在身边。于是我提前让家里阿姨放假两周，回四川老家办往来香港的通行证,打算让她跟我们来香港。到时儿子出生,让阿姨和女儿先回广州也可以,最起码我待产期间可以陪伴女儿。

我家阿姨叫小伍,在家里做了三年了,我们非常喜欢她。小伍高中毕业,虽长相平平,但性格活泼、能歌善舞,最关键一点是,小伍非常喜欢我女儿。小伍有一个女儿,本来生活还过得去,可惜她先生喜欢赌博,欠了很多债,小伍只好出来打工。

把小伍带过来,她可以在我生产之前帮忙做家务,我觉得整个安排非常完美。于是预产期前两周,我们浩浩荡荡出发去香港,还带上了我女儿心爱的玩具和喜欢的绘本。

我自认为安排妥当,可以高枕无忧了。

03

但很多事情都无法预料,刚到香港还没安顿好,当天晚上我肚子发动,儿子要出生了。

我赶紧收拾东西去预约的医院,打电话通知月嫂第二天一早赶紧过来,先生刚回广州,马上又匆匆赶过来,大家都措手不及了。

第二天在一团慌乱中,儿子出生了,这次生产过程出乎意料的快和顺利。

这下家里可热闹啦!

两个孩子、两个阿姨,家里顿时就像在循环播放变调的交响乐,此起彼伏的。

月嫂初来乍到，工作很用心，我还是满意的，我觉得她照顾新生儿虽没有之前阿 D 专业，但最起码这次，我终于有家常的月子餐吃啦。我先生还要重操旧业煲汤，想到第一次坐月子的痛苦，这次我坚决不肯让先生煲太多汤了，一天只能煲一样。

这次的饮食以清淡为主，增加了粗粮，每日少吃多餐，终于步入正轨，我舒了一口气。

尽管我家房子在香港算宽敞的，但这么多人，还是有些拥挤，考虑到广州家里更宽敞，我和先生决定尽快回广州。于是我们一个星期后，便浩浩荡荡地回广州了，不同的是，这次，多了儿子这个小人儿。

广州家里空间大，我以为自己终于可以安静一下了，谁知道，还是状况不断。

回广州后，渐渐发现月嫂的很多问题。她对孩子的护理并不专业，很多是旧做法，孩子一哭，她就抱来吃奶，我基本没有整块时间休息和做事情。说用的是专业的新生儿按摩法，但孩子并不享受，被按得大哭。

接着，月嫂和阿姨小伍有矛盾了。

小伍有地盘优越感，觉得自己是老员工，而月嫂认为自己有专业知识，高人一等，便开始指挥小伍做事，小伍又不服气，觉得自己全干了请月嫂来做什么，自己又不是月嫂的手下。

人多嘴杂，家庭真的是处处需要管理。当时我还要每天电话遥控我的公司运转，公司倒是井然有序，家里反而一地鸡毛。

一个月过去，我果断辞了月嫂。

她离开那天，我先生说月嫂平时行为躲躲闪闪，你查查她的包，看看她是否偷东西了，我不相信，说不会吧。

我不好意思查，跟月嫂说，你自己查吧，把衣服拿出来看看，也就走一个程序。月嫂脸色陡变，又不得不照做。

果然，在她包里，藏着一小包虫草，还有几瓶我们切好的高丽人参和其他药材。

我顿时惊呆了！本来这些食材我是交给家婆保管的，而家婆太信任别人了，从不设防，就随意搁在冰箱里了。

我先生对月嫂说要报案，她看我先生态度坚决，就来求我，保证以后不再犯了。我叹了口气，觉得就算了。只叫来中介告知他们情况，我拿回了被偷的东西，工资还是照付给她，先生让她写下经过，保证以后即使去其他家工作也不能偷东西。

第二次坐月子，就在这样的不完美中度过了。

回想起这次坐月子，还是经验不足，乌龙百出。

坐月子，是我国传统的做法，如今流行的月子中心，是个很好的选择，可能也是因为每家人都有坐月子的混乱经历，才催生了这些服务产业的发展吧。

不过看着茁壮成长的女儿和儿子，一股柔软的感觉荡漾在心里，人生，不就是在不断的调整和经历中成长吗？为人母的路上，还要面对很多的考验，我已经做好准备啦。

在和风细雨中等待

清晨,天空飘着毛毛细雨,将春天笼罩在一种朦胧的美感里。

念中三的女儿跟我挥手说声"再见"就出门了。我站在窗口,看着她撑着雨伞走出楼下大堂,穿过绿化带,来到了小区门口,站在那里安静地等待。

我知道她在等她同班的一个好朋友,她们每天相约步行去学校。

不由得想起女儿成长的每一个脚印,想起她在幼儿园的一段友情。

确切来说是一段"恋情"才对。

01

女儿刚进幼儿园不久,就很开心地说她交到一个叫小泽的好朋友了,一个男孩子,比女儿大半年多。

我也很开心,自从女儿交了好朋友后,就很喜欢去上学了。

每天女儿一到学校就找小泽的身影,如果早到了,她就站在门口等,有时刚好碰到了,女儿便远远地飞奔过去,两人欢天喜地拉着小手进学校,早把我忘在一边了。

女儿和小泽有很多共同点,性格都不是特别闹,喜欢看书,做事很专注。

小泽认识很多字,连牛奶包装的成分说明都可以看懂,女儿觉得他懂好多东西,而小泽也很欣赏我女儿的手工和画作,当女儿画画时,他总是帮她拿纸笔。

女儿每天回来的聊天话题就是今天和小泽一起玩啊,发现了哪里有一棵树苗,我们打算把它养大;今天我们又发明了一种什么游戏,好好笑啊……

女儿说得眉飞色舞的,我从没看她如此开心过,就如同一个热恋中的小女生。

"我们约好以后要结婚的。"女儿肯定地说,他们就这样私订了"终身"。

我能感觉到先生有点崩溃。

02

两个小家伙越来越要好,放学了,玩得不愿回家。我们两个妈妈去学校接他们,学校的孩子都走光了,他们还闹着要玩,每次最晚走的就是我们了。

但慢慢地,在两个孩子玩的过程中,我发现了一件事,就是女儿完全没有了自我。

小泽经常用语言控制我女儿，比如"你不听我的话，我就不和你玩了。""你如果这样的话，我就删除你，不和你在一起了，滴滴……电脑删除……"这样的话语。

小泽只要这么一说，女儿就会说好吧，然后改变了自己的意愿，虽然女儿有点不愿意，但每次都妥协了。

她太喜欢小泽了，太怕失去他了，"恋爱"中的女孩真是低到尘埃里去了。

其实在孩子的交往中，这样的语言是很正常的，但总是这样就不好了。我怕女儿会养成对小泽唯命是从的习惯。

何况以后"女婿"这样对我的宝贝，我可不愿意。

我开始有点焦虑。

女儿一和我说小泽的种种控制行为，我马上竖起了全身的刺，"什么，这怎么可以！如果他再这样，你要坚持自己的意见。宝贝，他只是在试探你，他不会不和你做朋友的。就算不做朋友也没关系，我们可以再交新朋友，不尊重朋友的人也不值得你交往的。"我苦口婆心。

说教是没有用的，女儿偶尔也会小小地坚持一下自己的意见，但只要小泽几句话，她就又妥协了。

我说教多了，女儿开始回避这个问题，也不肯对我多说。

我意识到我的焦虑和护子心切反而把女儿往外推了。

我女儿认为我在拆散他们呢，就如同那些父母一不同意儿女们的恋爱，反而令热恋的人坚定了在一起的决心一样。这样的电影难道还少吗，不是有很多私奔的例子吗？

03

趁他们还不懂私奔是什么，我重新梳理了一下我的心情：假如女儿以后一定要嫁给一个经常控制她的人，我同意吗？

答案是不同意，任何的关系都应该是平等和互相尊重的。

那我可以阻止女儿不和对方玩吗？

答案是不可能，你见过拆得掉的恋情吗？那只会令女儿的心离我越来越远，何况孩子的友情多么珍贵，能真心喜欢一个人是多美好的事啊！

关键是让孩子在交往的过程中懂得做自己，并坚持原则。这也是我焦虑的根源，因为女儿就是没有原则地迁就小泽。

朋友之间的交往可以妥协，也可以按对方的意愿去做。但并不是为了迎合对方，也不是因为害怕失去他才这样，而是因为理解和包容。

要做到这些好难啊，大人都难以做到，何况一个幼儿园的孩子呢？

怎么办？

我换位思考了一下，如果我是女儿，我需要什么。

我觉得我需要有人理解，有人在我受委屈时安慰我，而不是说教。孩子的感觉还是要她自己去体会去经历，这也是成长的一部分。

那我就默默地陪她一起去经历吧，让她自己去感受。只有她自己对对方的行为有一个理性判断了,她才能意识到自己该怎样去做。

理清了思绪,整个人都放松了。

我放下焦虑,怀着欣赏的心情去看待这一段"恋情"。

04

放学后,我去幼儿园接女儿,女儿远远地就兴奋地叫:"妈妈,妈妈快看,我采的花!"她小脸红扑扑的,一路跑过来,把几朵小野花拿来给我看,我闻了闻说:"好香啊。"

女儿拉过我的手,说:"妈妈,我带你去看,在后院墙角那好多呢。"我也兴致勃勃地随着女儿去看。

女儿远远地看到小泽,放开我的手,跑过去想和小泽分享她的发现。忽然,传来女儿的哭声,我赶快过去,女儿的花已经掉在地上,花瓣被踩过的样子。小泽看到我过来,转头和另一个孩子跑了。

我抱着女儿,等她哭过了,平静下来了,才弄清原委。原来她拿花给小泽看,小泽接过去后就扔地上了,要女儿和他一起去玩,女儿不去,他就把花踩了。

我的心也好难过,我要去找老师处理一下,让小泽道歉。但女儿哭过后舒服一点了,说:"不用了,我只想回家。"

如果是往日,我会教一通女儿要怎么做,这次我什么也没说。

我默默地陪女儿回家,在路上,女儿说:"他一点都不懂欣赏美的东西。"

"嗯,是的。"我回答。

"妈妈,我对小泽很失望。"女儿低声地说。

"嗯。"我握紧女儿的小手。

05

尽管有过节,孩子就是孩子,几天就忘记了,两个小家伙又在一起玩得很开心了。

女儿和小泽有时候也会各自和其他小伙伴玩,但女儿还是很喜欢和小泽待在一块。

有一天,我去接女儿,女儿很没精神地说:"妈妈,我们走吧。"我纳闷:"今天这么快走吗?不和小泽玩了?"

女儿说:"不玩了,我要回家。"听起来语气不对。

我带女儿回家,也没问她发生什么,女儿在车上沉默了一会儿,先开口说了。

"妈妈,今天我很难过,小泽出卖了我。"

"怎么了,宝贝?"看来挺严重。

"我们和班里同学在玩战争躲藏游戏,小泽先被发现了,我还在躲着,小泽却告诉别人我躲在哪里,把我出卖了。"

我明白了,我女儿感觉被背叛了,而背叛她的,是她最要好的朋友。

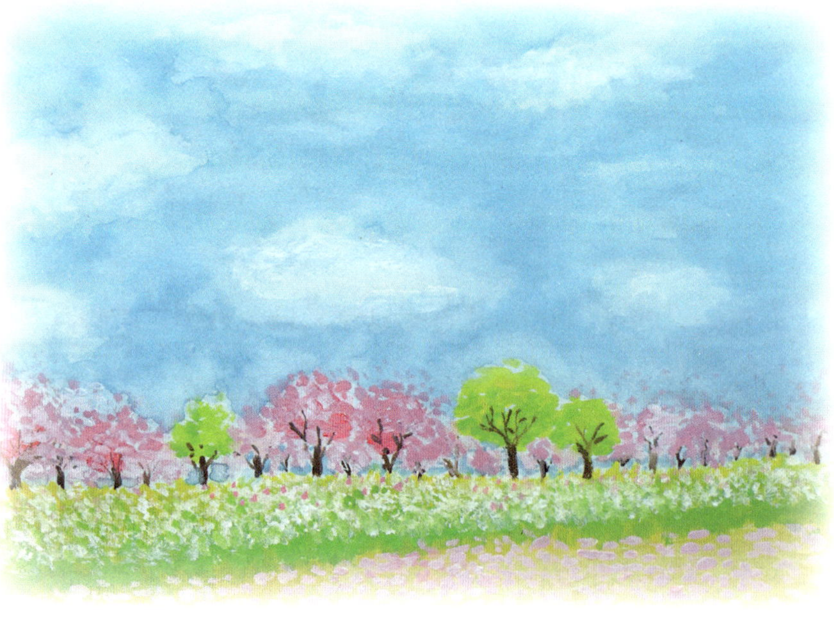

其实小泽毕竟还是小孩子，又是男生，更喜欢这种刺激游戏，一玩起来就顾不了那么多了，他估计没有背叛之类的意识。

但对于把他看得那么重要的女儿来说就不一样了。

女儿这次是真的被伤到心了，"我好伤心，我一下午都不想和他玩了。"女儿说。

"是会好伤心啊。"我说。想想我们大人如果被好朋友背叛，也会很难过，小孩子也一样的。我一时不知如何安慰小小心灵受伤的女儿了。

"被人背叛的感觉真不好受，我也经历过。"我思索着说。

"妈妈，你也经历过吗，是什么事？"女儿问。

"我跟你差不多大的时候，在一个花圃里面偷偷种了一株水瓜苗，我每天给它浇水，想等水瓜成熟后给大家一个大惊喜。我谁都没说，只告诉了一个好朋友，谁知道好朋友出卖了我，她把我的秘密告诉了其他孩子，其他孩子趁我不在时把瓜苗给拔了。你不知道我当时有多伤心，所以我理解你的感受。"

偷偷种瓜是真有其事，但并没有朋友出卖我，我临时改编了一下，看看能不能安慰一下女儿，令她没那么难受。

"后来那个朋友呢？"女儿问。

"呃……不做朋友了，我不喜欢背叛我的人，这是原则性问题。每个人都有缺点，我们相处时要互相包容，但原则性的问题却不能原谅，你觉得呢？"我说。

"我再观察一段时间，如果小泽改了我就原谅他，不改我就不理他。"女儿说。

"嗯，有道理。"我赞赏地说。不错啊，比妈妈我还思路清晰呢。

"不过当好朋友可以，我不想嫁给他了。"她又很郑重其事地说。

她这时好像没那么伤心了，我的心终于也放下了些。

06

这事过后一段时间，女儿都找其他朋友玩，不理小泽，两人一下冷淡了很多。

我私下和小泽妈妈沟通了一下情况，也没在女儿面前提起这事了。

女儿和小泽也各自多了一些朋友，他们有时还是会一起玩，但女儿会果断说"不"了，当小泽说"如果你不听我的话，我就不和你玩"之类的话语时，女儿会说"不玩就不玩，我找其他人玩"。

这时小泽反而会说"好吧，你想要玩什么"，然后两个孩子商量着轮流玩各自建议的游戏。

看来女儿在这段"恋情"中经历了不少，也成长起来了，内心变得坚定有力量了。

日子一天一天过去，一段时间后，女儿和另外几个孩子成为好朋友，经常约着一起玩。有一天，女儿在精心地准备一张卡片，我问她在写什么，她告诉我说，她喜欢这几个孩子中的一个男生，她要向他表白。

她爸在一边酸酸地说："哪有女孩先表白的？"女儿用稚嫩的声音说："喜欢就要说出来。"

看着这个一点都不矜持的女孩，我知道她已经顺利度过了交友敏感期，内心自我的能量越发强大了。

此时站在窗口，看着打着伞等待朋友的女儿，我不禁感慨万千。

一眨眼，那个幼儿园的小女孩都读中学了。一直以来她各方面都非常优秀，做事专注，喜欢结交朋友，也有交友的原则和自己的主见，但不变的是对友情的珍惜和执着，这是多么美好的情怀。

春天的早晨微风习习，毛毛雨纷纷扬扬地飘舞。过了一会儿，一个留着刘海的齐耳短发女孩悄悄在女儿肩上拍了一下，女儿受惊转过头，发现是好友，作势要打，两人嬉闹了一下后，共用一把伞，肩并肩朝学校方向走了。

目送走远的女儿，不禁眼睛湿润，却又满心喜悦。

孩子，你在和风细雨中等待朋友，我会在和风细雨中，陪着你慢慢长大。

小小少年

01

我的儿子上辈子肯定是个纨绔子弟,就像那种提着鸟笼,吹着口哨,无所事事,吊儿郎当的"二世祖",这一点我确认过好几次了。

他在幼儿园时就已经有了端倪。他见大人消费刷卡,觉得很酷,便要我去银行给他也办理一张,把他的零花钱放进卡里去。

我一办完卡,他接过手,立马飞奔去文具店,给他"女友"买了一份礼物,我当时心里真是万马奔腾啊,养儿有何用?我不禁发出灵魂拷问。

儿子的人生梦想是:躺赢。他觉得人如果能啥都不干就最好了。

所以不久之前,我问他,人活着的意义是什么?他回答"及时行乐"时,我已经见怪不怪,因为他一直在及时行乐这条路上践行着。

他对享受似乎有一种天然的触觉,从小就是如此。

从小,他一听到音乐,一定要做做样子,把绘本打开来,书基本是拿反的,然后跟着音乐摇头晃脑,似乎很享受的样子。

他对下雨天似乎天生有一种"愁绪"。下雨时,他会邀请全家去他房间的落地窗边,为家人摆碟子,拿出饮料和精致的贝壳巧克力,他东拉西扯,有时抛出一个很高深的问题,比如"是先有鸡蛋还是先有鸡？"我们全家就边赏雨边吃边辩论。

每当他出门，去上跆拳道课或参加考试，他回到家的第一件事一定是好好泡个澡，浴缸一旁放上他买好的奶茶，闭眼泡上好一会儿，他说这样才能放松，才叫享受。

戴口罩时，他要别上香薰扣针，滴上精油，保持空气清新，我家的香薰精油他最常用。

即使是上网课，他也要保证衣着整齐，头发必须梳得一丝不苟，哪怕有一根头发翘起都如临大敌，即使正在上课也马上会心不在焉，所以他的电脑旁边必须放一把梳子供他随时使用。

对于他这些讲究，我已经恼火过无数次，特别是在时间紧迫要出去办事的时候，非常考验我的耐心。

我经常跟别人说，女儿是我上辈子拯救银河系得来的，儿子肯定是我拯救后又失手毁坏了。所以每次对儿子发完火，我都告诉自己，他是上天给我的磨炼。

02

儿子总是有自己的奇思妙想，每次都令我这个老母亲哭笑不得。

小学二年级，学校六一假期布置了一道作业题：

小文六一节的消费清单：买衣服88元，吃肯德基45元，玩游戏45元。小芳六一节的消费清单：买书90元，坐碰碰车15元。

问：你赞同谁的消费观，为什么？

儿子答：小文。因为这才叫享受人生。

还有一道：请依例子，仿作句子。

例：哪怕遇上天大的困难，我也要将任务完成。

儿子仿：哪怕遇上很丑的老师，我也要笑着面对。

老母亲这时已经濒临崩溃，为了勒令他重做，我费了好一番口舌。

不单如此，他还经常挑战重新解读经典故事。

比如他的作业要读懂《南辕北辙》的含义，里面有一题问：你认为那个反方向而行的人能到楚国吗，为什么？

儿子回答：可以，因为地球是圆的。

只有我懂他这种理工男的思维，我暗暗祈祷老师能懂他。

接着，这个理工男读了《西游记》，又得出几个结论：

一、地球的直径是一万多千米，而唐僧师徒却走了十万八千里，可以绕地球几圈了，所以他们肯定走错路了。

二、沙僧出没的流沙河，应该是大西洋位置，所以沙僧是外国人，他平日沟通的语言应该以英文为主，这也是他比较少说话的原因。

三、由此推断，不是哥伦布最早发现了美洲，应该是唐僧师徒。

四、唐僧为何收的三个徒弟都这么丑？那是因为他不愿别人的颜值超过他，否则女儿国的女王就不止爱上他一个了……

我看到儿子的这番结论，哭笑不得，思考着是否要让他再做一次的时候，他忽然又悟到什么东西，问我们："你们知道《西游记》里谁最忙吗？"

我茫然问道:"谁呀?"

"观音。"儿子说。

"为什么?"我不禁好奇地问。

儿子回答:"因为天上一天,地上一年。孙悟空他们取经一共三年,就等于天上三天而已。孙悟空一有事就去请观音大士,九九八十一难,我就当他请了五十次,观音大士这三天多忙碌,吃个饭都没有时间,刚坐下就被孙悟空叫走了。"

我脑补观音大士刚要吃一口饭,就被孙悟空叫去帮忙除妖的情景,便一口饭喷出,哈哈大笑起来……

这小子简直就是家里的幽默担当,有时被他气死,有时又被他笑死,真是太费妈了。

03

儿子从小酷爱军事、历史,特别是近代史,他对一战、二战了如指掌,详细到哪个战役哪个领袖,战争的起因、经过、影响,连战争时使用的军舰、坦克、枪支都非常了解,可以精细到各种型号,以及各型号的作用和内部结构……他还据此设计绘制了上千张图稿,在这方面,儿子可以说非常专业了。

但随之而来的爱国情怀,又令他有固执的一面。

我们坐邮轮去日本冲绳,邮轮停靠冲绳海岸,游客可以上岸玩一天。儿子无论如何都不肯上岸，理由是这是日本人的国土，日本曾经侵略过中国，特别是南京大屠杀，杀害了很多中国同胞，不可原谅，他是坚决不上岸的。这可愁坏了我和先生，邮轮用小艇分批送游客上岸，我们不能耽误别人的时间。

后来，我们花费了很长时间，才让儿子理解，爱国是很好的，但要有世界视野，日本也有先进的地方，我们有些地方可以学习借鉴。我们告诉他日本就是以前学习了中华文化，才逐渐变强大的，如果他不去了解日本，就不能知己知彼了。

最后在软磨硬泡、软硬兼施的情况下才把他弄上岸。

儿子这样固执的性格，让我崩溃过多次。

他从小不吃水果，任何种类都不吃！他也不允许水果和其他东西放在一起。即使从小就对他晓之以理，动之以情，让他尝试去吃，他都不为所动。但他又非常惜命，他每天会主动吃维生素C，以补充这方面的营养。

整个一年级，他们的午餐是学校餐厅阿姨帮忙分配好的，每份都有一格水果，他就坐在那里坚决不吃，哪怕老师帮他挑走了水果也不吃，因为这个原因，我给他准备了一年的便当。

他在学校，如果有同学没经他同意，擅自拿了他的东西，他以后绝不会同这个同学做朋友。他并非小气，只是认为除非他主动分享，否则别人应该经过他同意才能拿他的东西，同样的，他自己绝不会不经同意碰别人的东西。

儿子的这些行为，每一件事拆开来看，他都有对的理由，真的不知如何去劝他或说服他，令我这个老母亲苦不堪言，我只能在心中默念，生了个高需求又爱讲理的儿子。没办法，接纳吧。

04

同时，儿子也是一个吵架高手，他吵起架来才思敏捷，口才过人，理由充分，观点中肯，每次和他吵架我都会败下阵来。

尽管我告诉自己要接纳，有耐心，但也经常会因儿子的种种行为而抓狂。

多次交手后，我觉得不能让他继续得逞，他太以自我为中心了，人生有些东西，并不是非黑即白，在一些事情上，还需要有包容、忍耐、合作的精神。

我觉得我要整顿一下。刚好先生去了山东曲阜，经过孔庙，我让他带了一根戒尺回来。

既然说不过儿子，唯有武力才可以解决一切问题，这也是儿子在历史课上学习过的，他应该能懂。

我对儿子说："这不是暴力行为，我和爸爸也反对用暴力解决问题，但你也需要妥协和体谅家人。中国人讲究以孝为先，我知道你很多时候有道理，但你还没成年，你要学会忍耐，知道这个世界并不是只有是非对错，有时候还需要妥协。"

儿子说："这不公平，为什么你们从未对姐姐使用这个，你们重女轻男。"

我说:"因为你和姐姐不一样,你凡事要争论对错,我让你做任何事都要和你争论好久,你还未成年,你要懂得服从。"

"即使你是错的,我也要这样做吗?"儿子问。

"对的。"我说,"只要我是你的监护人,你就需要听我的。"

"我反对,这太不公平了!"儿子生气地说。

"你如果觉得不公平,有一句话,叫君子报仇,十年不晚,等你长大了独立了,你到时再报复我吧!"我不屑地说。

儿子一听乐了,很认真地在一旁掂量着他的得失。

女儿在一边扶额,说:"老妈,你确定你这样的教育方式是对的吗?"

我觉得这总比我对儿子吼叫抓狂,伤害母子感情好。

最后,我很民主地和儿子一起讨论使用戒尺的条例,他做作业磨蹭,拖过计划时间时,就打手心两下;他跟大人顶嘴时打多少下;不承担责任时……在儿子自己也同意的情况下,我们一一协商好了。

第一次使用戒尺就起了作用,儿子做功课超时,我心平气和,面带微笑,虔诚地请出了"戒尺先生",根据协议,打了儿子的手心两下,儿子第一次尝到疼的滋味,而我不用生气地骂人,心情非常好,觉得这种方式很完美。

就这样,我们过了一段母慈子孝的日子,我都差点忘了"戒尺先生"的存在。后来在和儿子的一次拉锯战中,我要去找戒尺,发现它不见了，儿子在一旁嗤嗤偷笑，原来戒尺被他藏起来了。

这小子，尝试过一次戒尺的滋味，便不肯再尝第二次了，这把戒尺不是被他藏在衣柜里，就是被他藏在床垫底下了。

05

转眼到我生日那天，儿子郑重地拿出他的礼物，一个用快递纸箱改造的长方形小盒子，整个盒子用蓝色卡纸重新装饰过，侧面挖了一个可以打开又关上的活动扇形小门，盒子正面写着"爱的信箱"。

里面塞着儿子的一张小纸条，写着：妈妈我爱您，以后如果我们有什么事，就写信放进这个信箱交流吧，不要用戒尺了。

我顿时泪目。

儿子比我更懂得沟通方式。如今的他已经懂得用自己认为更舒适的方式去说服大人，懂得想办法解决问题。

这是一个自我的男孩对生活的一种妥协，是成长的代价，但他已经学会寻找方法，而不是据理力争，只顾分对错。

我心中默默地说，孩子，对不起，自我固然很可贵，但人生的成长，更需要你懂得放下自我。不得已，妈妈才用了戒尺，但如今你已经学会了用更好的方法去沟通，妈妈为你骄傲。

如今这个六年级的男孩，一如既往的知识渊博，他和我讨论虚无与存在，讨论资本论、政治经济学、历史唯物主义等，这些概念、

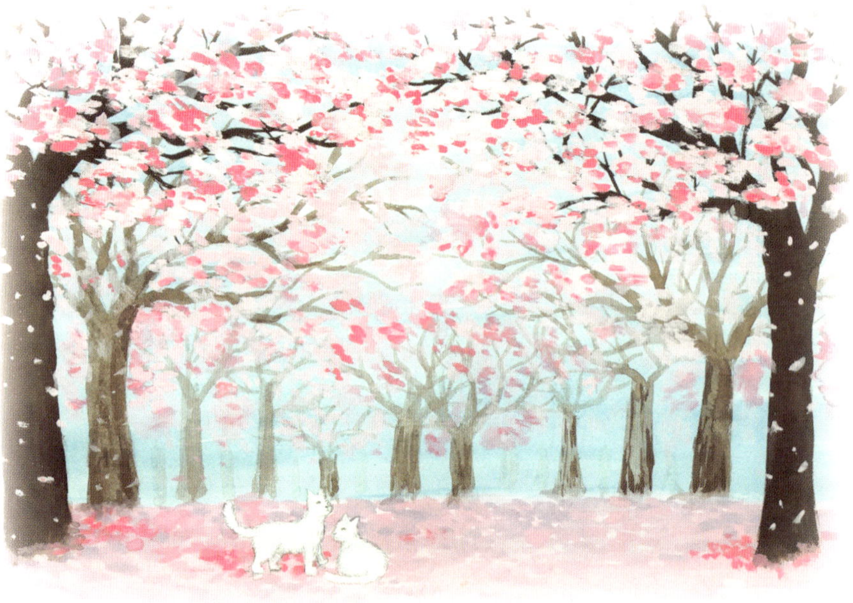

理论我记得自己是高中和大学时才接触的,真是后生可畏。

这个男孩也会因看一部电影而泪流满面,懂得在进电梯时让拎满东西的邻居先进,懂得在我打瞌睡时给我盖上一张毯子,他会为我精心泡一杯咖啡,一如既往的精致。

非常欣慰地看着这个男孩,正在成长为一个更暖心更有担当的小男子汉。

我的小男孩,漫漫人生路,家人会陪你一起成长。

致那些无法兑现的梦想

01

儿子小时候,是个"胸怀大志"的人,有一段时间他的梦想是当美国总统。

没错,是当美国总统。

因为他觉得总统能指挥国家的坦克、大炮、战斗机、军舰和导弹等等,实在太牛了。

想到我有可能会成为未来总统的妈妈,我精神为之一振,第一个念头是一定要好好养生,瘦瘦身啥的,为儿子长长脸。不是有句话说:梦想万一实现了呢?

"妈妈,你觉得是我聪明还是奥巴马聪明?"儿子看着电视里的奥巴马问。

"呃……"我一时语塞,怕答不好打击他的信心,那我这未来总统的妈就当不成喽。

"奥巴马像你这么大时应该没你这么聪明。"我答道,聪明如我。显然儿子对这个答案满意极了。

好梦不长,儿子看多了美国总统的新闻,觉得总统每天要开会、讲话、出国,太忙了,便决定不当总统了。

"当总统太累了,都没时间玩了。"他得出结论。

我的未来总统母亲的梦啊,也罢,我先去吃东西了,瘦身的事以后再说。

02

很快,儿子又确定了另一个梦想,就是当个军火商,同时决定他的业余爱好是要当一名赛车手。

不是军火就是赛车,这基因随了谁,我听了一阵眩晕。

其实他最大的梦想是当一个酷酷的特种兵,但他又特别珍惜生命,一想到打仗随时有生命危险,便改变了想法。最后他发现,当一个军火商既能满足他对武器的爱好,又能在幕后高枕无忧。

于是他便立志要当一名军火商了。

我脑补战争大片的情景,想到可能会成为一位军火商的妈,我相当焦虑。

但看儿子确定梦想之后那么兴奋激动,我就不好提醒他说,做军火商也蛮危险的。

我只是默默地担忧,直到有一次,我看到他被一只蚊子吓得大叫,才感觉我想得太多了……

军火商这个梦想维持了一段时间后,一天,儿子说:"我要做世界首富,像比尔·盖茨一样。"

大团圆

  起因是女儿班级有一个课程要探讨名人榜样，我买来比尔·盖茨的书，儿子听了比尔·盖茨的故事后，便立志要成为世界首富了。当首富总比当军火商安全，我还很认真地在心里掂量了一下。

  一想到我有可能会是首富的妈，我精神又来了，沉吟着又得开始瘦身了。

  我问儿子要如何实现，他答曰："我先成为发明家，发明军火，再卖给国家，就可以赚很多钱了。"

  还是要当军火商啊。

  "不过我是反对打仗的。"他补充着。

  "那发明军火干什么？"我问他。

  "阻止别人来侵略我们啊。有先进的武器才强大，清朝就是太弱才被别的国家欺负的。"他说。

  "对对。"我连连点头。

  "那要赚那么多钱干什么啊？"

  儿子答曰："一部分捐出去，捐给有需要的人，但不能直接送钱，要直接送物品，因为那里物资匮乏，有钱也买不到东西。"还想得挺周到的。

  "有理有理。"我变成了他的铁粉。

03

女儿小时候的梦想就安全多了。

作为一个资深爱狗人士,女儿的梦想是:"我要养八条拉布拉多犬,四条公的和四条母的,然后它们再生很多很多小拉布拉多犬。"

"以后我的房子不用很大,够用就行,但前面要有一个大花园,最好还有一片大树林,可以让狗狗奔跑运动。"女儿说。

哦——貌似这个梦想也不简单好不好。

"可是你恋爱结婚怎么办?"我问。

"我只有一个条件,我的男朋友一定要爱狗。"女儿说。

这个条件可以有,爱屋及乌嘛。

但一转念想到她未来的家有一大窝狗狗,我就挺崩溃的。

有一天,刚好看到一篇文章,大意是有一个日本机场的清洁工把自己的工作做得很好,把机场擦洗得一尘不染,连马桶都洗得很干净,干净得马桶里的水都可以直接喝。

鉴于孩子们的大梦想,我想着刚好给他们普及一下梦想的各种可能性。

我把这篇文章讲给他们听后,总结说:"梦想和职业没有好坏高低之分,而在于你的热情和坚持。"

"你要把一件事情认真做好,能尽全力做到最好就很了不起了。"

"就是把马桶洗得可以直接喝水吗?"两个小家伙捏着鼻子嚷嚷着跑开了,不知能听进几分。

看来现在对他们谈梦想,他们还是懵懵懂懂的,不过童年真好,可以信口开河,有很多不用兑现的梦想。

我小时候的梦想是什么呢?如今回忆起来,似乎是很遥远的事了。

04

家里有几箱封起来的书,经历了几次搬迁,里面有我大学毕业后陆陆续续背回香港的书籍,因为旧了,没拆箱摆出来,又不舍得扔掉。

或许,是心里一直不愿去打开它们。

昨天,我和孩子们一起翻看以前的相簿,无意中找到了很多我大学时的习作照片,一下子,仿佛打开了青春岁月的闸门,回忆向我迎面涌来。

我终于把那几箱尘封着的书打开,从箱子里面把书一本本拿出来。每掏出一本书,都勾起一次回忆。

记得第一次读米兰·昆德拉《生命不能承受之轻》时的激动心情,读《百年孤独》的震撼,读《尤利西斯》的悲哀,接触存在主义的晦涩难懂,读尼采、黑格尔、阿兰·罗伯-格里耶、博尔赫斯带来的思考,读令人入迷的卡夫卡的荒诞表现主义作品……

这些书让我知道了还有另外一个世界,教会了我如何与自己独处,让我在那个世界里快乐翱翔。

我又从另一个箱子里取出好几本法语的语法书和法语词典,对啊,我曾学过法语呢。

当时因为喜欢法国电影，被法语美丽的语感打动，因为喜欢苏菲·玛索、朱丽叶·比诺什，对那个浪漫之国向往得不得了，我动了去法国留学的念头。

于是在香港工作的那段时间，下班后我赶着学两种语言，每个星期两节英语课和一节法语课。

还记得每次坐地铁从九龙过港岛，列车穿过海底时轰轰的声音。

当时法语老师是用英语授课的，整堂课我听着不懂的英语学法语，想到这些，我当笑话讲给孩子们听，还费力地讲了几个残存在脑子里的法语单词，孩子们听了哈哈大笑。

女儿问我："妈妈，那你那时候的梦想是什么？"

"想当一个伟大的艺术家。"我本想说，但没说出口。

我说："我的梦想是有一个温馨的家，生两个像你们一样可爱的孩子，嗯，还有养一条狗。"

"那你的梦想已经实现了！"儿子开心地过来拥抱我。

05

夜深了，孩子们已安然入睡。

我陷入了沉思。

当初的梦想如今居然在我的记忆里荡然无存，一点也找不到痕迹了。养儿育女的生活，已使我逐渐忘却了那些初生牛犊不怕虎的勇敢。

是因为梦想不够热烈不够深刻，才没有努力去追求吗？

房间里传来儿子的声音，我赶紧进去。

或许是最近战争新闻看多了，儿子在睡梦里叫着："我的子弹是无敌的！"睡觉还在打仗呢，我笑了，帮他把踢掉的被子盖好，又去女儿房间，看她正微笑着酣睡，估计是今天画了一张满意的画，很开心满足。

客厅里，那小山般的书正静静躺在地板上，书的边角已泛黄，散发出一股淡淡的樟脑丸味。

我问自己，如果时光倒流，我会是同样的选择吗？

我心中有了答案。是的，我无比地肯定，假如岁月倒流，我还会选择同样的生活。

人生的每个阶段都有重要的事完成，只要每个阶段都做到最好，便可以无悔，保持初心，那些还没有兑现的梦想，未来可期。

我开了一瓶红酒，打开音响，音响里轻轻飘来电影《爱乐之城》的主题曲《*City of stars*》，我仿佛看到了满天繁星，在这深夜的喧嚣都市上空闪闪发亮。

这一夜对我来说，注定无眠。

装修记

两年多来,香港的疫情反反复复,我却干了一件极其漂亮的事,估计以后回想起来,也是相当值得我骄傲的。

那就是,我见缝插针地买了一套房,并按自己意愿装修了它!

01

据不完全统计,十对夫妻中起码有九对会在房子装修时吵架。我和先生也没逃过这个坎。

记得当时,我怀着我女儿,大腹便便,我们在广州买了套更大些的房子。因为我在怀孕中,不方便去装修现场,装修的事就交给我先生去跟进。

这一跟,他就把房子装修了一年多。

我们和先生的哥哥姐姐们买在同一个小区,装修请的是同一个工程队,但人家都装修完搬进去住了,我家还在精雕细琢中。

原因是,我先生是一个浪漫的完美主义者,他永远生活在云端,做事非常理想化，完全没有考虑过日子的实用性和实操性。

装修前，我们专门请了设计师做了效果图，每个位置细节都确认后，才交给工程队。我以为这样会万无一失，先生也只是需要去监督一下进展而已。

但他每次过去都萌发无数的新主意。

比如他忽然觉得楼梯的第一个台阶不能用方角的，如果孩子磕到怎么办？当时我听到他如此一说，不禁佩服得连连竖大拇指，换成粗心的我，那是万万想不到的。何况改成圆的，也变得更美观了。

这可苦了师傅们，这一改动，厂家得派人来重新测量，楼梯扶手也要重新做，弄了一个弧形的旋转造型。

至此，一切还是很完美。

02

被激发热情的先生，也激发了无限能量。他又来了灵感，每扇房间门，要根据朝向调整尺寸，每扇门的尺寸都不一样。当然，这点"不一样"只是微调而已，一般肉眼看不出来，不会影响美观。但这一批木门据说难倒了木材厂，还返工了几次。接着是厨房，炉灶的方向选择，要打斜一些安装，这么高难度的作业，可难坏了橱柜专门店。还有进门的玄关尺寸……

好吧，这些改动虽很随性，但每个人的观念不一样，重要的是自己舒适，我也没反对先生的做法。

然后，先生又有新主意。他打算在主卧的洗手间连上网线，装上音响、电视，理由是人生在厕所的那点时间，才是真正属于自己的时间呐，上厕所、泡澡时听个音乐，或是看部大片，简直不能更享受了。

估计电工们听了很眩晕。

接下来，先生一发不可收拾，他要打造一间影音室，他要求电工师傅预埋投影机的线，整个房间要做隔音处理，理由同厕所装电视一样，如果孩子们睡着了，能看一部大片，那叫人生一大享受！

至此，我也沉迷于先生描绘的蓝图里，虽然很多改动不在最初的设计方案里，但我有多么细心的老公啊，看来呀，装修这事还得男人去跟！

我开始迫不及待地盼望那美好宁静的电影时光了。

03

当先生又打算在一楼的厕所加上男性小便池的时候，我开始隐约感觉到有问题，又说不出哪里不对。

我开始是反对的，说没必要，影响美观，何况平时来家里的都是熟人亲友。但先生坚持要装，他认为这是保护家里女性的做法。

鉴于他每个理由都那么无懈可击，我被说服了。于是他在家里装上了男性挂墙式小便池。

就是在这一个个细节的更改中，我家的装修如蜗牛爬行一样进展

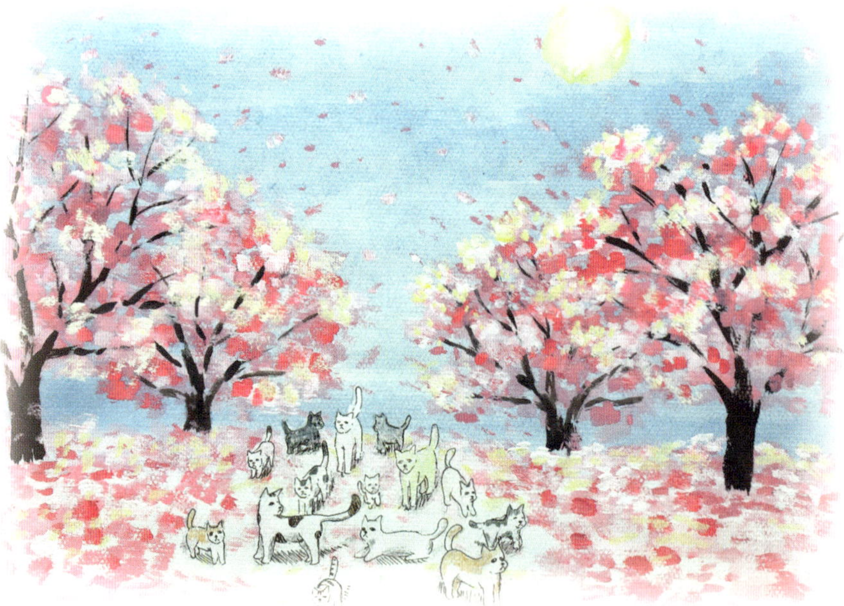

着，这也是为何别人已入住，我家还在装修的原因。不过按先生的话说，迟点入住好，有足够时间通风透气，我也觉得在理。

终于盼到入住了，接下来，是真正体验生活的时候了。

我发现，他的所有改动都是理想中的云彩，我们一样都没用上。

首先，主卧厕所的音响从没开启过，更别说厕所的电视了。因为在搬进来后，就没人有时间和精力去买电视！更何况，有孩子的人，上厕所中途没有孩子来拍门就是享受了，哪有时间听音乐！

更别提影音室！接连迎接两娃来临的日子，有时间只想用来睡大觉，怎么有心情看电影。心疼那套可以调节角度，任君选择躺平、半躺的皮沙发，几年没用后，皮面脱落、发硬，被当成一件垃圾扔掉了，那个房间已成为放满玩具的杂物房。

如果这些都是谁都无法预料的理想主义的话，那楼下卫生间的小便池应该很实用吧？然而并不！因为这个小便池当时是临时加设，师傅们没经验，把它接到洗脸盆的出水道了！这意味着，如果启用它，洗脸盆便会闻到"味道"。

于是，至今，这个东西一次都不能用！它成了一个摆设。它不但不能用，而且每一个要上洗手间的男性客人，都会听到先生的交代"那个小便池不能用哈，因为……"然后解释一通。这时我便会发出一阵只有先生才能体会的哈哈笑声。

又不能拆了它，因为拆它意味着必须更换配套的瓷砖，工程颇大，似乎不值得。如今它静静地挂在墙上，每次我们因为装修的某个缺陷发生争执时，它绝对是我揶揄他的好武器。

04

所以，香港房子装修时，当先生又说"你问问师傅，公用那个洗手间可否装个男性专用小便池"时，我心中简直是万马奔腾，他确定自己不是在开玩笑吗？

先生语重心长地说："你不懂，我们广州那套房子是因为下水道接错了，不代表装这个东西不好。"

什么叫执迷不悟，我算是见识到了，我心中居然对分处两地有了另一个角度的看法。如果不是不能见面，说不定厕所又得重新接线，他又要装音响了，因为他真的细细问过了我电线位置和装上浴霸、花洒、智能马桶等各种高端前沿产品的可能性。

我又拍了一些图片给他看，他的完美主义又开始了，指出屋子哪个角落是不是可以修圆些，哪里是不是预留的位置不够，有没有找实物测试一下，别人有没有这种先例等。

以先生的这种装修方式，最起码又要超出计划时间几个月，再想到香港装修的人工费用之高，我不禁觉得在疫情间歇期间装修房子，简直是一件太正确的事了。它不仅可以帮我们省下一笔装修费用，也有利于维持夫妻关系的和谐。

这一次，我将按自己的喜好来装修。

05

我设想的装修风格是简洁、实用的美式田园风，这是我心中的房子的样子。在广州的房子考虑到房子的格局和大众眼光，走了比较土豪的路线，这次，我要走清新风格。

我对先生卖了一个关子，说："我不透露效果，搞好再给你看。"先生笑我说："你别以为轻松，装修可是一件很费脑的事，会很辛苦的。"

帮我装修的是我弟开装修公司的好友，这令我方便很多，也节省了很多时间，去物业办好各种手续，便开始装修了。

尽管由熟人装修，做了很多本不是他们范围的事，但各种烦琐问题还是接踵而来。从房子格局的定位，到每个细节的尺寸，都需要一样样预先安排，都要经过我确认定夺。特别是在时间配合上至关重要，哪个步骤稍慢了，都会影响整个流程的时间和进展。

虽然我事先已和师傅们确定好了各项安排，比如墙体装饰用料，但材料来了，也要确认买来的油漆是否有色差，木板的质量怎么样，墙纸要什么图案，洗手间的地砖有五种，哪种好？要定做窗帘，挑选灯饰、家电，家具是定制还是现买……

每一个物件都面临对无数品牌的挑选、对比和决定，这对我这种有选择性困难症的人来说，实在是一次次的挑战。

还有各种和水电煤公司的沟通，要预约上门安装、检测。

有时还要处理突发状况，铺洗手间地板时，半夜突然爆水管，水流至楼下邻居的洗手间天花板，好在师傅及时赶到并解决，事后帮邻居修复完好。

装修，真的是不省心的事啊。这时我对先生之前的辛苦有了一丝新的理解，他当时也应该遇到很多问题吧，何况完美主义的他对质量有更高要求，但从没听他抱怨过。

想到这里，不由收起之前取笑的态度，多了几分向他请教的虚心。比如以前嫌他啰唆的那些什么线位，家具要预留扫地机器人的高度等问题，这些之前我觉得根本不是大事的地方，都令我重视了起来，一一仔细聆听，记在心里。

06

特别要提的是洗碗机。当时广州家里装修，先生要装洗碗机，说与时俱进。我和阿姨都反对，我说我们的饮食习惯不同，锅太多了，洗碗机塞不进，这是个不实用的东西。先生当时说："你信我，不装会后悔的。"于是家里就装了洗碗机。

果然装好后，家里阿姨不习惯用，说手洗还快。就这样，洗碗机成了厨房一件扔也不是，留下又多余的电器。为这个，我少不了抱怨，洗碗机在搁置几年后，终于在某一年的大扫除中，因老化被扔掉了。

来香港后，洗碗机却成了我最得力的助手，我越用越喜欢。不由感叹当时先生的用心，不是他的决定不对，是我没有去尝试并鼓励阿姨用它。我还因这事，多次抱怨先生凡事不考虑现实情况，如今想来，不由得对先生多出几分歉意。

所以这次装修，洗碗机和烘干机等家电，我都全部最先安置好，向先生学习，充分利用能省力的科技产品。

装修不易，以前有先生负责，我没觉得难。真的是应了那句话：所有的岁月静好，都是有人在替你负重前行。

我把这心情跟先生说了，并表示了对他的敬意，这下人家可得意了。他非常不经夸，又开始高谈阔论他的装修理念，巴不得能飞来香港实现他的厕所交响乐梦。

好在我还是有所保留的，没有凡事都问他。在前后三个多月的赶工中，房子终于装修好了。就是我要的模样，那种感觉，就像一件自己的作品诞生了似的那么满足。我拍了全屋视频，发到家族微信群里，个个都夸说好看。

先生说："辛苦了！老婆，你开心比什么都重要。"我也在心里对先生说："谢谢你默默为这个家做的一切。"

两个时钟

01

我家除了平时上班上学之外，在其他事情上是非常没有时间观念的。

周末，一般是睡到自然醒才起床，快到中午才吃第一餐，英文叫Brunch，第二餐在下午三点左右吃，晚上这一餐便顺延至八点左右。有时实在良心过不去，想着这个周末一定要带孩子们去公园走走，那也必须到下午才磨磨蹭蹭地出发。我家孩子经常会听到我吟诗："啊，夕阳无限好，只是近黄昏。"

我家去旅行也是一样的，度假时，我们一半时间在外面逛，另一半时间是待在酒店里的，等全家人都收拾妥当去到景点，没几个小时景区就要关门了。所以，我家酷爱邮轮旅行，太适合懒人出行了。

也许因为没时间观念是我和先生的心病，导致我们都喜欢买时钟。也许是应了那一句话：越缺什么就越注重什么。

我们在广州的房子，放置着我先生专门去钟表厂定做的大落地钟。是那种老式的钟，选用了上好的木材，精细的人工雕刻，瑞士知名品牌的机芯，落地钟长长的摆锤"嘀嗒嘀嗒"地来回摆动。每到整点，落地钟便会"咚咚"地响，夜晚十二点便敲十二下。

先生说，这个落地钟他要当一件祖传物品，一代代地传下去。

这个钟有个最大的问题，就是要定期上发条，要不就会停止。因为它的整点报时，我对它充满意见，所以，我是不会去上发条的。而先生更经常会忘了，每次他记起来，就会支使对机械无比感兴趣的儿子，"儿子去，给钟上发条去。"儿子如同获得美差，屁颠屁颠地搬来一张小凳子，打开落地钟的玻璃门，踮着脚尖从上格摸索到一个小把手，对准孔，"吱吱吱"地转动齿轮给钟上发条。过了一会，落地钟又发出有力的"咚咚咚"的钟声，久没听到，这么一响，仿佛时间苏醒了过来。于是那一天，我们一家多少都会受点鼓舞，做事效率也高了些，有时会组织散个步，串个门。

这样的日子交替着向前，落地钟已成为我家的一分子，但它始终没掌管家里精确时间的权力，有什么约会，我们是从不会以它为标准的，我们都只看另一个挂在墙上的电子钟。

02

装修香港的房子时，我特意早早让师傅在墙上预备好钉子，留作挂钟的位置。

入住后，我专门去挑选了一个白色的挂钟放上去，和装修风格很搭，一切都不多不少，我非常满意。

没想到过了不久，我们发现这个钟完全不准，我又给它换了电池，但不到一天工夫，又不准了，过几天，它干脆停下了。我不禁叹了口气，看来时间这东西，似乎不喜欢我们家。

我对它已放弃了，便又在网购平台下单了一个，出于某种心理，我这次挑选了一个比之前那个贵几倍的时钟，既然要换，那也只能越换越漂亮，我想。

几天后，我选的那个沉甸甸的枣红色镶银边的时钟到了。我装上电池，看到表针麻利地转动，一切又都步入正轨。

我摘下原来白色的那个钟，正想随新买的钟的包装一起扔掉，这时，这个钟居然又动了起来，似乎告诉我，我还活着呐。

我一下犹豫起来，不舍得扔了，想会不会是以前使用不当，其实它没坏呢。

于是，我校准了时间，为了表示尊重它先来的次序，我又把它放回它原本的位置。而初来乍到的新时钟，我拿着它，在家里比画一圈，最后，把它挂在了进卧室走廊的尽头，那里预留着一个钉子，原本准备挂一幅艺术品。

就这样，我家的入门和尽头，被两个钟紧紧地包围起来。

此时我想起鲁迅《秋夜》那句话："在我的后园，可以看见墙外有两株树，一株是枣树，还有一株也是枣树。"

我默默改了一下：在我家墙上，有两个挂饰，一个是时钟，另一个也是时钟。

我来回走了几次，浑身充满激情，是时候树立正确的时间观念了。

我激昂地对孩子们说："看看，我们已经被时间包围了，你们知道这是什么含义吗？时间观念！这两个钟告诉我们，要珍惜时间，做一个有时间观念的人，做一个自律的人！"

此时女儿正在看动漫，儿子正在玩游戏，完全听不到我的演说。

03

正当我在时间的包围下，亢奋劲未退时，我发现两个钟又坏了。这次是两个。

我心中不禁又掠过一句：我家有两个时钟，一个坏了，另一个也坏了。

莫非我真的不配拥有时间？这次我真的怀疑自己了。

第二个钟有售后服务，我问了客服，客服人员热情地解答了我："亲，你用了什么电池，是否用了我们寄的电池呢？一定要用碳性电池，不能用碱性电池哦，因为电流太大，会对机芯稳定性不好哦。"

我一听，赶紧去检查，果然用的是碱性电池。我恍然大悟，之前的时钟失灵肯定也是一样的原因！亏我还一直陷入自己不配拥有时间的泥潭里而不能自拔。

我赶紧换上了碳性电池，校准时间，啧啧，这时的两个钟，如同获得了新生，充满生命力地向前奔跑着。

这一回，我终于可以放心了，现在我只需担心的是，艺术品来了后要挂哪里。

04

但情况其实并不如我所愿的令人松一口气。

两个钟因为机芯已经损坏了,如今再也回不去准确的时间了,它们如野孩子一样在田野里自由奔跑,从没准点过。

有时已经夜晚十一点,蓦然一抬头,时钟是下午两点,再走几步,另一个时钟正在凌晨五点里狂奔。令我怀疑我家是不是正处于一个分裂的时空里。

所以我到底扔掉它们还是不扔,或是过后拿去修理?我又一次发出灵魂拷问:我真的不配拥有一个准确的时间吗?这真是一个问题。

我在香港慢生活

01

几天没出街了,昨晚我趁深夜街上没什么人去寄信,又从家里信箱收回了一沓信。香港至今还是很喜欢书信往来,仿佛时光在倒流,不禁想起木心写的诗句:

> 从前的日色变得慢
> 车,马,邮件都慢
> 一生只够爱一个人

我把这种感叹发到了朋友圈。

有一位挺久没联系的友人看到了,给我发信息,问香港是不是很多东西都需要邮递才能沟通,说她好久前在香港钢琴考级后,考核局寄出了证书,但因为没人收而被退回了。

考核局后来发电子邮件通知她,需要她重新邮寄个人资料,还需放一个贴足邮票的回邮信封,还细列了需要贴多少钱的邮票。

这位友人面对一堆要求有点蒙,她问:"我是不是按这个要求就可以寄到啦,对方连个电话都没留……"她说自己好久没去邮局,都完全忘记怎么寄信了。

是的，如今网络太发达，很多事情在手机上就可以解决，寄东西也有人上门收件，非常方便，去邮局寄信的确变成一件陌生遥远又低效的事了。

我有时也抱怨这种书信往来的烦琐，一个电话、一条信息可以搞定的事，何必用信呢？

但在孩子们上网课期间，我的观点改变了。

网课期间，老师时不时寄封问候信，里面写着密密的文字，表达了对孩子的思念和爱，有时是一张小小的卡片，有时信纸上贴着可爱的贴纸。

每次收到信件，我心中都非常温暖，感受到老师的用心和对孩子们的关爱，连信纸都变得有温度起来。

这种感觉是电脑或手机所无法传送的。

02

最近，因为孩子小升初要给各所学校寄报名资料，我频繁往返于邮局和附近的邮箱。

虽有些学校已经采用网上报名的方式，但也有一些学校还是继续使用传统的书信方式报名。

其中有一家是我心仪的学校，我每日可以说是望穿秋水，坐立不安，在邮差来送信的时段，我多次下楼在大堂候着。

有一天，终于等来学校的回信。我的心提到了嗓子眼，走到对面转角的一家咖啡店，坐下来，叫了杯咖啡，然后，小心翼翼地打开那封信。那瞬间，我的心扑通扑通跳，就如以前在等待情人的信一样，这久违的感觉！当得知孩子入围面试名单，我巴不得把信扬起来欢呼！

这种通过手和纸的接触，再传到心上的喜悦，难以言喻。

中学时，我读《傅雷家书》，被傅雷一封封措辞严谨、谆谆教诲的家书所吸引，透过书本，我感受到傅雷夜晚挑灯写信的苦心，也感受到傅聪读父亲的来信时的敬畏和温暖。远在海外生活的傅聪后来成了知名钢琴家，和他父亲写给他的这一封封家书离不开关系。

记得小时候我和父母也一直保持着通信，直到我来香港，来港后又和我的外公外婆及阿姨们保持书信往来，一笔一画写出来的东西，会审视再三，确保通顺再寄出去。想念亲人时，把收到的家书拿出来读。每次搬家，一摞信件必是作为最贵重的物品一起搬走。

今天，信件渐渐被网络取代，网络的确有先进的地方，但它令我们忘却了很多美好的体验。书信可以让我们的节奏变慢，令我们的心没那么浮躁。

03

蒋勋老师有一篇文章《谢谢我的母亲，教我慢下来，看见美》，写他的母亲有一双魔术之手。

他说他小时候盖的被子，是他母亲亲手绣出来的。

他母亲不但亲手缝制被子，并且一个星期洗一次。每次被子洗完后，用洗米水浆过，等太阳出来时搭在竹竿上晒。盖被子的时候，被单上有米浆和阳光的味道。

蒋勋老师说："我想现在全世界买到最贵的名牌被，大概都没有那么奢侈。"

于是，当蒋勋在大学教书，每年四月，羊蹄甲红成一片的时候，他看到学生无心听课，便停止上课，带学生去花下坐一个钟头，聊天，或什么都不做。

蒋勋老师在母亲身上懂得了慢下来，才能看见美，感受美。

所以，在心情浮躁的时候，慢下来，用精致的信纸写封信给亲友，细细折叠，装进信封，走出去寄，在这个过程中，看见美，感受美——一种生活隽永的美。

大隐隐于市

01

如果让我挑一个地方隐居,我首选香港。

有一句话,叫大隐隐于市。

我心中的理想隐居之地,并不是陶渊明式的世外桃源,那里我估计住不了几天就想离开。我好肉喜酒爱辣,喜欢便捷的生活,我心中的诗并不在远方,而是在那热腾腾的烟火气里,那地方又必须是山清水秀有文化底蕴的,香港刚好满足我的各种要求。

当然,喜欢一个地方,这里面的首要因素是情感所系。从小,我便和香港纠纠缠缠,缠出了深厚的感情。

如今定居这里几年,深入生活,更是感觉到它的好。

香港的地理位置得天独厚,不用驾车出市郊,在市区就有山有海,空气质量好,经常是蓝天白云的好天气。

吃过晚饭,可以在维多利亚港边散个步,吹一吹海风,看渡轮驶过,这时,坐在面朝海港的位置上来杯咖啡或啤酒就更完美了。如果一时兴起,在尖沙咀码头搭渡轮,十分钟就能到对面港岛,上山顶喝杯茶、看夜景也是极好的。

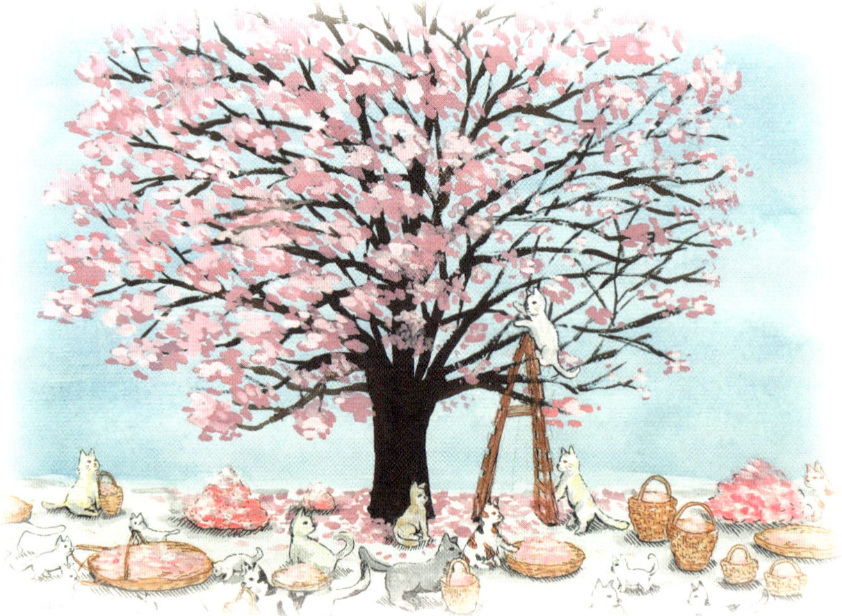

02

香港是个中西文化交汇的地方,人们乐此不疲地过各种节日。这可是孩子们最喜欢的了,因为时不时就有长假放。

香港食肆良多,人们工作量大,加上居住环境小,很多人更喜欢在外吃饭。所以香港餐饮业非常繁荣,食物风格更是汇集世界各地特色。

可能一不小心,就吃到了一家可口小店,它可能就在一个不起眼的街口边,平平无奇,但门口正排着一条长龙。

喝茶更是必不可少的习惯。

人们上午会在中式酒楼喝早茶,像我家喝茶,一般开两壶茶,一壶香片,一壶铁观音,叫上各式粤式点心,大家边喝边聊。

香港人也非常喜欢喝下午茶。下午两点半过后,各茶餐厅都转卖下午茶餐了,一杯奶茶配一份西多士,这是很多打工人小憩的时间。

孩子们已经习惯了这种生活模式,有时在家,到下午,我们也会准备各式点心,开始下午茶时光。

而喝茶的时候,报纸绝对是不能离手的,我从未见过一个地方的人们这么爱看报纸。香港的报摊众多,几乎人手一份报纸。而喝茶的时间和报纸最搭,这一群体中,以中老年人居多。

长者们爱报纸,还见于图书馆。

香港图书馆众多,每个社区在步行范围里几乎都有一家,图书馆藏书丰富,设备先进。我以前在广州宁多买书也极少去图书馆,来香港后，去图书馆成为家常便饭，有时带个电脑，可以在里面待大半天。

图书馆里，人虽很多，但很安静。阅读室里，每天都坐满了读报的长者，此起彼伏的翻报声，如同微风吹拂草地般轻柔动听。

虽然香港的人均居住面积小，但据说是世界最长寿的地方之一，这和政府福利好，以及人们在勤奋之余能及时行乐的心态分不开。

03

香港在很多人眼里，是一个节奏特别快的城市，的确，只要去坐一趟地铁，去街上看看，便能从人们那匆匆忙忙的步伐里领略到它的快。

但快节奏慢生活，是我对它的感受。

虽然人口密度大，但香港的公共设施非常完善，每个社区附近必配备公园球场。我家东面和西面便各有一个球场，其中一个是独立运动场，另一个是建在公园里的。因为在家附近，随时都可以带孩子去运动，孩子的运动量不知不觉就多了。

香港的绿化更是处处见细节。

有一次，我带孩子们去浅水湾海滩玩，我看到在一个小楼梯的转角处，一块小小的草坪里，放着几条长凳。凳子旁边的小圆台上，放的居然是张爱玲的相框，地上还有几摞书的雕刻。一块小钢板上，刻写着张爱玲的简介。

小小的草坪，顿时蓬荜生辉。它是那么自然地用一个让人们累了可以休息的地方来纪念张爱玲，那次偶遇成为我一整天的小确幸。

我家附近的街口，有一个小三角的绿化地带，这只是为了分支路口所留出的一块小小空地而已。但上面种植着几株花树，摆着几条靠背长椅。时间久了，这块小小的绿地居然成为一群白鸽的栖息地，每天有很多路人，等红灯时累了，干脆坐下休息一下，有时抛点面包屑给白鸽吃，车来车往的大马路和闲庭信步的白鸽，还有长椅里休息的人们，构成了一幅动静相宜的和谐画面，甚是有趣。

每次我经过这里，都会放慢脚步。

04

我喜欢香港，还有它那充满文化气息的烟火气。

记得我刚刚申请来香港时，我家住在九龙城，这是我家在香港辛苦赚钱买的第一套房子。

九龙城是闻名的老城区，这里交织纵横着一条条小街道，店铺林立，老字号众多，我出嫁时的喜饼就是在其中一家百年老字号定制的，它会根据地方特色和文化做喜饼，做出的喜饼味道纯正，样式齐全。这里还有传统手工西装定做，我们搬家后，我爸还是要跑回这里做西装。我们至今想吃什么甜品，也会专程去九龙城买。

这里遍地都是小餐厅，很多是泰国餐厅、潮汕菜馆和小酒吧，有很多明星也爱来这里吃东西，记得以前一不小心，出门就能看见周润发、刘嘉玲等人在吃夜宵。

蔡澜最喜欢来的也是九龙城街市（菜市场），他说这里有他相识很久的各档口老板，他来买的不仅是菜，还有人情味。连鲁豫采访他，他也专门带她来这里买菜，并在菜市场里的一家店吃早餐。店面虽窄小破旧，但东西非常地道美味，蔡澜介绍，别看老板们平时样子朴素，但通过这么多年的打拼，已经积累了很多财富，有的已经开了几家分店。

九龙城这样的地方，蔡澜喜欢的这种人情味，在香港各处都可以感受到。这是一个有深厚的文化底蕴的城市，一代又一代的人们也相继发展传承了这些精神，才让香港这座城市的文化底蕴完整保留了下来。

时至今日，在网络快速发展的世界里，香港有些东西可能显得滞后。比如，人们更喜欢的还是去外面实体店吃饭、购物而不是网购，一些小店需要现金交易……但在这里，我也感受到一种慢的生活节奏。

没有过多的社交，心中反而有种隐居于闹市过慢生活的宁静和淡然，这正是我喜欢的生活状态。

从此以后，没有生离，只有死别

几年前，外公走的时候，我们匆匆赶回老家，我一进门，外婆握住我的手说："阿芦，你以后没有外公了。"我和外婆两人潸然泪下。对外婆来说，她从此没有另一半相依了，我能体会到外婆当时的孤独，她和外公相依相守六十多年，早已合二为一，如今失去另一个，留下来的那个，是痛苦的，反而先走的那个是幸福的。

去年我外婆也走了，在另一个世界，他们又可以团聚了。

有人说，有一种爱，它最终要走向分离，那就是父母与子女之间的爱。

其实还有一种爱，它也终将走向分离，那就是夫妻之间的爱，耄耋之年，总有一人会先走。

01

钱钟书和杨绛一生恩爱，感情深厚。

钱钟书对杨绛说过，从此以后，没有生离，只有死别。

两人婚后一起留学,一起回国教学。

他们生活简单、朴素、有趣,钱钟书称杨绛为"最贤的妻,最才的女"。但这样一对受人尊敬的大学者,即使一辈子相爱到老,也终要面对告别的时刻。

钱钟书病重,杨绛在《我们仨》写:

> 钟书病中,我只求比他多活一年。照顾人,男不如女。我尽力保养自己,争求"夫在先,妻在后",错了次序就糟糕了。

钱钟书临终时,直到杨绛在他耳边轻轻说着"你走吧,放心,有我呢",他才放心离去。

面对丧失亲人的痛苦,杨绛选择了坚强地活下去。

> 钟书逃走了,我也想逃走,但是逃到哪里去呢?我压根儿不能逃,得留在人世间,打扫现场,尽我应尽的责任。

好好地活下去,才是对另一半最好的告别。

钱钟书走了后,杨绛深居简出,鲜少见客,专心整理手稿和写字,写了《我们仨》等作品,没有另一半的家对她来说只是一间客栈而已。

> 我清醒地看到以前当作我们家的寓所,只是旅途上的客栈而已,家在哪里,我不知道,我还在寻觅归途。

没有你的日子，我只是一个过客，不知归途。正是为问何时再相见，有谁能识此天机。

2016年杨绛去世，带着那份永久的思念去到天堂，和家人相聚。

02

总有一天，我们要面对死别。

当这一天来临，留下来的那个会更痛苦、更孤独。

有一个韩国导演拍了一部纪录片，叫《亲爱的，不要跨过那条江》，看哭了很多人。

影片记录了像恋人一样共度76年的老夫妇的晚年生活点滴。89岁的老奶奶和98岁的老爷爷，相伴七十多年，相恋时她13岁，他22岁，当她89岁，他98岁时，老爷爷走了，从此生死两相隔。

纪录片里，他们多么享受在一起的每一刻时光。

老奶奶说手冷，老爷爷会为她暖手；老奶奶膝盖痛，老爷爷就给她揉膝盖；扫地时，拿树叶互相嬉戏；扫雪时，一起打雪仗，品尝初雪的味道；老爷爷去采野花送给老奶奶，并互相戴在对方耳上；老奶奶洗菜时，老爷爷淘气地丢下去石头，溅起水花；老奶奶去卫生间的时候，老爷爷在门外守候；老奶奶看电视的时候说："这柿饼看上去好想吃呀"，然后发现爷爷不见了，原来爷爷已经跑出去买柿饼了……

这样子的晚年，太美好了，可是再美好也终有别离的一天。老爷爷最终还是先走了。

老爷爷在医院的时候，老奶奶强忍着泪水回家收拾东西，她平静地叠好老爷爷的寿衣，让他走得安心。

年纪大了，能走在前面的是福气，老奶奶在殡仪馆抱着安放老爷爷的棺材哭得好伤心，告别时，老奶奶更是依依不舍，几步一回头，最后坐在雪地里痛哭。

你走了，而我还活着，这种分离，是人生的宿命，无法改变。我们能做的，就是好好珍惜当下，趁爱的人年轻健在，和他过好当下每一天。

03

如果能一辈子执子之手，与子偕老，就是最完美最幸福的婚姻。

美国前总统老布什夫妇已经结婚七十多年，他们的爱情故事很长，因为他们的结婚时间为目前美国总统婚姻史上之最。

老布什夫妻伉俪情深，一世恩爱。

1941年，老布什和芭芭拉在一场圣诞舞会上相遇，两人一见钟情。几年后，两人在纽约州莱依举行了婚礼。

芭芭拉说她嫁给了她亲吻的第一个男人。

他们婚后生育了六个子女，其中包括前总统小布什。

2018年4月21日，芭芭拉走了，葬礼结束时，老布什还是不舍得离开，他坐在轮椅上，静静地凝望着灵柩长达十五分钟。

他们没有生离，却也要面对死别，但这别离并没有太久，八个月后，老布什随芭芭拉走了。

小布什在父亲哀悼仪式上说：

"最后，在他七十三年的婚姻中，父亲每天都在以身作则地教导我们如何成为一个好丈夫。他娶了他心爱的姑娘，崇拜她，陪她大笑，陪她痛哭，对她始终忠诚如一。上了年纪后，父亲喜欢握着母亲的手，把电视机的音量调得老高，一遍遍地观看警察节目。母亲去世后，父亲表现得很坚强，但我们知道，他真正想做的事就是牵着母亲的手。"

老布什夫妇一起走过了这么多岁月，始终相濡以沫，互相成就，这样的夫妻，不枉过此一生。

04

《妻子的浪漫旅行》长白山主题的那一期，妻子们来到东北饭馆吃饭，在活动环节，要在场的妻子们对老公说出想说的话。

大家在那个氛围里都被感染到了，纷纷说出自己的心里话，袁咏仪说："我想说去完这一次后，我不会再一个人去旅行，我一定会跟着他，或者是他一定要跟着我，他跑不掉了。"

张智霖在节目棚里看到妻子说这些话时，哽咽地说："可能始终有一天真的就是一个人要去旅行的，当看到周围的一些至亲的人离我们远去，你会思考，你最爱的人有一天假设不在了，那种无常的状态。"

这对夫妻在节目里一直都是嘻嘻哈哈，有时互怼一下，斗斗嘴皮子，但这一刻却流露出他们深情的一面，这么多年的相濡以沫，他们已经离不开对方。如今的他们是，余生我要珍惜和你的每分每秒，再也不想一个人出来旅行。

张智霖说："人始终是会老去，会有分开的一天的，会死，谁先走谁后走不由你决定，珍惜现在最重要，开心的时候也要留着一点空间让悲伤到来。"

是啊，开心的时候也要留着一点空间让悲伤到来，这句话说得真好。人生无常，在活着的时候，能够珍惜现在，互相好好陪伴，便是无憾此生。

因为从此以后，没有生离，只有死别。

与其心有沉浮，不如浅笑安然

01

疫情来了，相聚的计划泡汤，家庭成员只能每天以视频的方式联络，正当心中沮丧失望之时，先生家族微信群里，大哥发了这样一段话：

> 我们习惯节日热闹非凡，走街串巷互相拜访，却遗忘了拜访自己的心，与自己做一次对谈，沉淀下来仔细看看自己的人生，审视一下自己过往的种种，真的是喜乐平和的吗？或许还有很多习惯可以改进、改善。

是的，如果说居家是无奈的选择，那是不是可以利用这个时间，好好与自己、家人相处呢？

在居家不能外出的日子，静下心来，吃好每一餐饭，做好每一个健身动作，或拿出棋盘，和孩子厮杀一番，重温一下久违的亲子时光。

多年后，当我们的孩子长大了，他们或许对这场疫情印象不是很深刻，但会说："记得在那年春节，我和我爸下棋，居然赢了他；那年春节，虽然不热闹，但我们一起在家里。我刚学会包的饺子很难看，

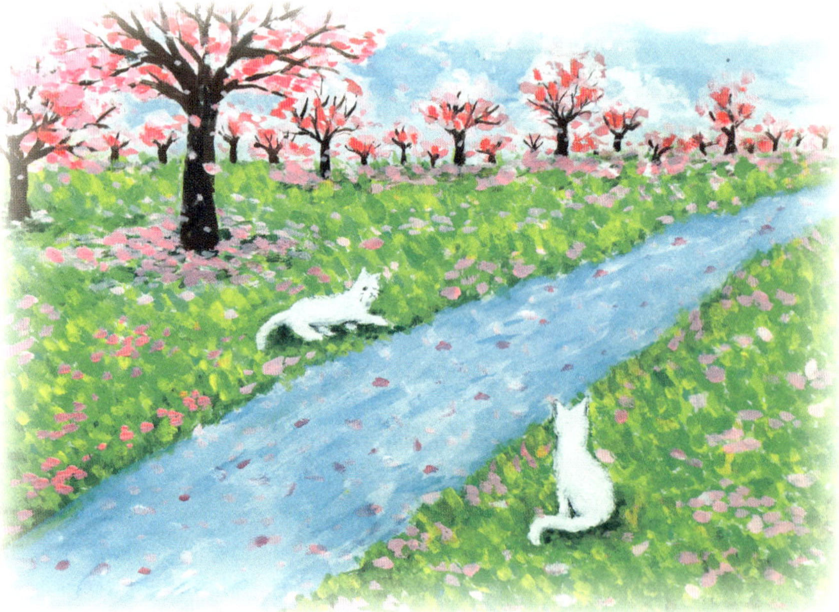

但可好吃了。"

与其无能为力地焦虑，不如善用时光，静下来好好审视自己，好好陪伴家人。

面对困境，心若沉浮，浅笑安然。

02

有一好友，她当医生的先生不幸感染了新冠病毒，一家分居几个地方，先生在医院治疗，她和孩子在家自己隔离，她的父母独居在另一处。

好友说，当事情发生在她自己身上时，她真实感受到什么是人生无常和无力，还有怕失去亲人的深深恐惧。

她实在无法静下心来，她的孩子一直问什么时候可以找朋友玩，为什么要待在家里，她不知如何回答。

最后，她决定如实告诉孩子当前疫情的危险性，讲到了死亡，也讲了那些令人热泪盈眶的感人事迹。她和孩子探讨了生命的意义何在，以及当面对突如其来的灾难时，要如何看待和应对。

她找出关于这方面的书籍和孩子一起看，慢慢地，她真正静下心来。

她说在和孩子的探讨中，她自己也学了很多，每个人在生命安全受到威胁时都会恐惧和不安，这是人之常情，我们首先要接纳恐惧的存在，不要否认它，排斥它。

接纳恐惧、调整心态、安然处之，这是我们现在需要做的事情。

03

面对我的两个孩子，我也有这个顾虑。

特别是在读初中的女儿，我想我得好好跟她探讨一下，面对自己的未来和人生选择，她是如何看待的。

正在这时，我看到女儿写了一篇随笔，她写着：

> 这冬日里，原本应该十分茂盛的草坪也只剩下伶伶仃仃的几片枯草，但是，我并不是很讨厌这看似毫无生机的景象，反而对这朴素、色彩单一的公园颇有好感。
>
> 万物都在结束后准备重新开始，再次将自己的美丽奉献给大自然。其实这和人是一样的，无论是学习，还是生活，总会遇到一些难题，但是，只要努力挺过去，就一定会收获春天般的美丽。

我被触动之余也放心了，孩子有时比我们想的更坚强、更无畏。

一个十几岁的孩子尚且可以如此宽慰自己，我们作为父母，还恐惧什么呢，唯有振作，心怀希望，才能和这场突如其来的困境对抗。

困境让我们懂得经历风雨是人生必经之路，它会让我们学会更加珍惜生活。

喜欢一段话：人生没有真正的绝望。树，在秋天放下了落叶，心很疼，可是整个冬天，它让心在平静中积蓄力量。春天一到，芳华依然。

只有懂得在平静中积蓄力量，才会芳华依然。

就如女儿在文章结尾写的：如果，你正处于寒冬困境中，千万不要放弃希望，因为春天就要来了。

后记：一切向内看

01

2022 年年底，我坐在桌前写字，种在窗外的三角梅那几天开得特别灿烂。12 月 26 日，我发现三角梅长出了新枝，新枝贴着玻璃努力向上伸展，并开出一串嫩红的花来，似乎迫不及待来宣告什么消息，我不禁想，有喜事发生呢。

我仔细盘点我们这三年的生活轨迹：为了方便孩子上学，搬迁三次，看房、买房，并在烦琐的装修后，乔迁新屋。

这三年，在忙碌的时间夹缝中写了这本《大团圆》，有幸遇到了很多良师益友。

这三年，最令人揪心的儿子小升初，以孩子进入心仪的中学为结局，我也终于心安落地，欣喜万分。

女儿从中一刚来港念书的小小少年，成长为一个稳重的中四学生，她在保持成绩优异的同时，热爱文学、绘画，习作频频获奖，这本《大团圆》的配图正是出自她手。

儿子在适应新环境的同时，经历了小升初的磨砺，多少个周末，我们奔赴在他擅长的科技赛场上，他努力做到最好。最难得的是，这期间他还写了一部科幻小说。

孩子们虽很多时间在家里上网课，我们却生活得丰富多彩，女儿更是在闲暇时自学吉他、日语。

这三年，外界虽有太多的事情发生，我们也没停下前进的脚步，反而更加专注，在各自喜欢的领域上恣意生长，并互相欣赏。我们苦中作乐，把枯燥的生活过得愉悦、惬意，日子宁静祥和，颇有一种"千磨万击还坚劲，任尔东西南北风"的气概。

这期间，我学会了在生活中做取舍，真正体悟到简简单单便是福。

但又似乎不简单，因为我觉得自己从没有如此充实过。

我学会接纳及珍惜这样的时光，它令我有更多的机会去内省，并且从中获益良多。

02

2022年过去了，2023年来了，这个春节令人格外兴奋与期待！

香港与内地口岸紧锣密鼓地工作，万事俱备，终于开始通关了。孩子们放年假前夕，我们便提前预约了回广州的名额。

2023年1月19日下午，带着一点壮丽，少许辛酸，我们在九龙塘坐上了前往落马洲口岸的火车。到落马洲总站，我们从火车走出来，一股久违的、熟悉的关口的气息迎面扑来，这是什么味道？我描述不出来，似乎有风的味道，也有空旷、熙熙攘攘以及思念的味道。

香港落马洲对接的是深圳的福田口岸。

人很多，我们有序地排着长长的队伍，缓缓向前移动，空气中弥漫着人们激动的、归心似箭的气息。

只要走过这一条长廊，过了深圳关，关口那边，就是一早就从广州开车来，等在关口准备接我们的先生。

我仿佛回到几十年前，在关口等待从香港回来过年的父母亲，那时还能一年几会，而如今，我和孩子们已经三年没见先生。

在我们排队的短短半小时里，先生已经发了他几个不同的等候位置，他试图走近些，再近些，让我们过关后第一眼看到他。

于是，他不断调整等待位置，一边叮嘱我们不要急。

终于，我们过来了，踩在深圳的土地上了，孩子左右张望寻找爸爸，在扶手电梯边的那个带有一丝熟悉而陌生的身影，不正是吗？

"爸爸——"孩子相继喊着冲了过去，我停下脚步，扶着两个大大的被孩子们推开的行李箱，微笑着。

全家欣喜激动地拥抱后，拍了张极具纪念意义的合照，照片中，黄先生笑得面部肌肉都扭曲了起来。

家族微信群里，亲人们都热泪盈眶地说："太好了！"

03

终于，2023年农历新年，我的一家终于团聚了，令这本《大团圆》有了一个美满的结局。

我们恢复了往常，又可以随时见面。这三年"雪藏"的日子，已让我们储备足够的能量，懂得了很多以往无法悟到的人生道理。

那就是，无论什么时候，都先做好自己，在逆境中沉潜，春天来了，便又是一派欣欣向荣的景象。

如今我们呼吸着新鲜的空气，更加懂得珍惜当下，珍惜健康，珍惜自由。

就如我在《大团圆》这篇里写：

分离让我们学会放下、接纳、随心，让我们懂得什么叫真正的大圆满。

这才是大团圆的真正意义。

书中用一个个独立的小故事串联起来，描写我童年、少年、青年、中年的一些经历感受，以及在港漂的洪流下，我的家族成员和他们的奋斗史。我作为其中一员，目睹及经历家人们的奋斗过程，也感悟到了家族成员在奋斗过程中，所呈现出的吃苦耐劳、自强不息的狮子山精神。

移居香港的过程，也是我自身与父母、爱人之间一次次的分离、团圆的过程。

如今祖国的繁荣发展，令奔向大城市奋斗的群体越来越多，一如当年我的父辈们为了更好的生活前往香港奋斗一样。

分离与团聚成了时代的一个重要元素。

在这里，谨以此书，献给为了更好的未来而正在经历分分合合的人们，希望此书能够令大家感受到一点共鸣和温暖。

最后，用我父亲新春时即兴写下的字作为这本书的结语：花好、月圆、事圆、人圆、大团圆。

二〇二三年二月一日